Les anges
du Jugement

Déjà parus dans la même collection

L'assassin des dames de Metz/Armand Toupet
Les crimes de l'Ange/Jean-Claude Baudroux
Cadavres perchés/Jean-Marie Mulot
Les larmes du Corbeau/Bernard Fischbach
Nocturne pour mourir/Jean-François Coatmeur
Mortes neiges/Grégoire Gauchet
L'Edi...tueur/André Delabarre
Meurtres au Printemps de Bourges/Armand Toupet
L'oiseau noir/Anne Basc
Les doigts du Franciscain/Jean-Marie Mulot
Géographie d'un meurtre/Jean-Claude Baudroux
Nuages de haine/Claude Peitz
Le bal des SDF/André Delabarre
Terminus Finistère/Roland Sadaune
Tueur sentimental/Jean-Claude Baudroux
Un mort et douze étoiles/Gaetano Adinolfi
L'alambic de la mort/Michel Hammel

Maquette de couverture : Generis MULHOUSE

Claude PEITZ

Les anges du Jugement

Collection "Polars régionaux"
sous la direction de Bernard Fischbach

Editions du BASTBERG

à Corinne
à Véronique
à Delphine
et à Charlotte, bien sûr...

et mes remerciements à Bernard Schwartz

Avertissement

Tous les événements relatés dans cet ouvrage ne sont que de pure fiction et toutes les personnes qui croiraient se reconnaître dans les personnages du roman ne pourraient s'en prendre qu'à elles-mêmes et à leur débordante imagination.

L'auteur, dans ce cas, décline toute responsabilité.

Chapitre 1

Depuis que cette garce de Lisa m'avait quitté, j'avais renoncé définitivement à croire au Père Noël. Aussi, dès le mois de décembre venu, j'évitais soigneusement de me rendre au centre de Strasbourg, ville auto-proclamée « Capitale de Noël ». Seul, qu'aurais-je bien pu y faire ? Me mêler à la cohue cosmopolite de milliers de badauds faussement benêts que des centaines de cars et de trains déversent chaque jour dans les artères commerçantes ? Très peu pour moi. Je laisse aux touristes et aux familles avec marmots le privilège de parcourir de la Gare à la Cathédrale le « Chemin de Lumière » (ainsi baptisé par la Chambre de Commerce) qui les mène, troupeau consentant, de bazar à marché, de boutique à grand magasin, d'étal à tiroir-caisse.

La dernière fois que j'avais sacrifié à ce rituel que tout Strasbourgeois se doit d'accomplir, au moins une fois pendant la période de l'Avent, c'était il y a trois ans. En compagnie de Lisa. Avec elle, tous les prétextes étaient bons pour arpenter le centre-ville : des soldes d'été aux soldes d'hiver, en passant par la braderie de juillet, les quinzaines commerciales, les remises, les offres promotionnelles ou tout simplement « parce que Madame en avait envie ». Alors, pensez donc, durant les quatre semaines du Marché de Noël, elle ne tenait pas en place. Et dire que c'est moi, au début de notre mariage, qui lui avait fait découvrir le « Christkindelsmärik* » de la Place Broglie ! En ce temps-là, nous nous promenions, main dans la main, dans les senteurs d'anis et de cannelle... Nous regardions, attendris, les yeux des bambins émerveillés par les lumières et les guirlandes... Nous nous disions que, nous aussi, bientôt...

Les années avaient passé. Nous y revenions fidèlement. Lisa y avait déniché un Père Noël en pain d'épices de Gertwiller, un Père Noël automate, made in China, qui jouait de l'accordéon, des Pères Noël baromètre, thermomètre, pendulette, cendrier, presse-papier, des Pères Noël en faïence, en plastique, en pâte à sel, en bois peint, en baudruche, en chocolat, en nougat... Mais jamais Lisa n'avait découvert de Père Noël en cadavre !..

Pour cette macabre découverte, il avait fallu le flair exceptionnel de Mademoiselle Chapirac à qui je servais, aujourd'hui, de guide bénévole. Un truc pas croyable !

La Place du Petit Broglie, entre l'Opéra du Rhin et l'arrière de l'Hôtel du Préfet, n'a pas, comme les places d'alentour, droit aux illuminations de Noël, ni aux étals des marchands. Des centaines, que dis-je, des milliers de personnes y passaient cependant, quotidiennement, pour rejoindre le « Christkindelsmärik » tout proche. Personne n'avait rien vu. De l'amas de branches de sapin, seul dépassait un pan de la houppelande rouge. Fallait vraiment qu'elle ait du flair, Mademoiselle Chapirac, pour

---

* En alsacien « Marché du Christ-enfant »,

découvrir, là-dessous, le cadavre du Père Noël ! Il faut dire que, question flair, la nature l'avait dotée d'un appendice nasal hors du commun. Comme on dirait chez nous : « Le jour de la course aux pifs, elle avait dû trébucher et arriver bonne dernière ».

Le crochet par la placette du Petit Broglie était dicté par un « besoin naturrrel à satisfairrre » (selon l'expression de la demoiselle, auvergnate bon teint, qui roulait les « rrr » presque autant que ses hanches généreuses). En l'attendant, je faisais les cent pas à côté de la porte surmontée d'un double panneau lumineux indiquant « Messieurs » et « Dames ». Je n'avais prêté aucune attention aux branches de conifères entassées devant une benne archicomble. A l'inverse de Mademoiselle Chapirac qui, à peine sortie de l'édicule, et tout en rajustant à deux mains sa jupe de tweed, se dirigea vers l'amas de branchages, comme si son nez aux dimensions cyranesques l'y avait entraînée. Je la vis se pencher, tirer sur un morceau d'étoffe rouge qui dépassait...

– Venez parrr là, grrrrouillez-vous, m'ordonna-t-elle, en me faisant signe de l'aider à retirer les branches superficielles. Sous les branchages d'épicéas et de Nordmann, une longue houppelande rouge bordée de fourrure synthétique aux manches et au col. Sous l'ample capuche relevée, un masque en plastique souriant derrière une opulente barbe blanche. Fichée entre les lèvres, une pomme d'amour écarlate et luisante. Sous la houppelande, un cadavre. Comme tous les cadavres, il ne craignait plus le froid. Heureusement pour lui, car il était nu. Tout nu.

Mademoiselle Chapirac avait soulevé un pan de la houppelande et l'avait aussitôt rabattu. J'avais eu le temps d'entrevoir un torse velu, strié de multiples estafilades. N'était la forte pilosité du macchabée, j'aurais pu avoir des doutes sur son sexe, tant son bas ventre mutilé n'était plus qu'une horrible plaie sanguinolente, un énorme trou sombre, noirci de sang coagulé. Je ne pus refouler le haut-le-cœur qui me secoua tout entier, je me détournai vivement et vomis, dans le désordre, la choucroute de midi, la gaufre chantilly et le vin chaud à la cannelle.

Derrière ses épaisses lunettes de myope, Mademoiselle Chapirac me contemplait, mi-choquée, mi-peinée. L'effroyable découverte ne semblait pas l'avoir affectée outre mesure. « En plus du flair, elle ne manque pas de sang-froid », me disais-je, tandis qu'elle me tapotait énergiquement les joues pour, je suppose, leur redonner quelques couleurs.

– Allons, allons, ce n'est guère le moment de tourner de l'œil ! Il faut prévenir la Police. Vous vous en sentez capable ?

J'opinai, trop heureux de pouvoir m'éloigner. J'abandonnai lâchement Mademoiselle Chapirac qui, après avoir sommairement recouvert le cadavre avec deux ou trois branches de sapin, se planta, jambes écartées, bras croisés sur son imposante poitrine de façon à dissuader quiconque de s'approcher. Décidément, cette nana dont j'ignorais jusqu'à l'existence, il y a deux jours, n'avait pas fini de m'étonner.

– Vous verrez, m'avait dit Monsieur le Proviseur en m'annonçant la venue de Mademoiselle Chapirac, vous verrez, ma petite-nièce a du tempérament !

C'était avant-hier. Le Proviseur m'avait fait appeler dans son bureau.

– Prenez place, Monsieur Lemmy, m'avait-il dit en me désignant un large fauteuil de cuir, - j'aurais un immense service à vous demander.

Le fait qu'il prit place lui-même dans le fauteuil jumeau du mien et non derrière son bureau, le fait qu'il arborait un sourire malicieux, le fait enfin qu'il avait dit « Monsieur Lemmy » et non « Monsieur le Conseiller Principal d'Education », tout concordait pour signifier que sa requête était davantage privée que professionnelle. Non que cela changeât grand chose au résultat, tant il était assuré d'une réponse favorable de ma part. Et cela ne devait rien à sa position de supérieur hiérarchique. Il émanait de ce petit homme une énergie contagieuse, un goût du combat et de la victoire qui, depuis quatre ans qu'il était à la tête de cet établissement scolaire, semblait galvaniser l'équipe pédagogique et interdire l'échec à ses collaborateurs. Sans compter une générosité, un intérêt réel pour les gens, jeunes ou adultes, qui en surprenaient plus d'un. Il était ravi lorsqu'un jeune professeur lui annonçait son mariage. Il était aux anges lorsqu'une secrétaire lui annonçait un prochain congé de maternité. Il avait été sincèrement peiné lorsque Lisa m'avait quitté.

– Une petite-nièce à moi, m'a téléphoné pour m'annoncer sa venue à Strasbourg pour la fin de semaine. Elle souhaite visiter la Capitale de Noël. Or, comme vous le savez, nous sommes invités pour le week-end, mon épouse et moi, chez Monsieur le Procureur de la République et Madame, dans leur résidence secondaire.

C'était son péché mignon, à Monsieur le Proviseur. Lorsqu'il évoquait ses « relations », - et cela lui arrivait fréquemment - il ne pouvait s'empêcher d'en rajouter, les yeux dans le vague, la bouche en cul de poule.

– Aussi avons-nous pensé à vous, Monsieur Lemmy, pour servir de guide à Mademoiselle Chapirac. C'est le nom de ma petite nièce. Fernande Chapirac. Je me souviens que lors de notre première année en Alsace, vous nous aviez promenés sur le Chritsin... sur le Chrisnickel...

– Sur le Christkindelsmärik, rectifiai-je.

– C'est ça, c'est ça, je n'arriverai jamais à prononcer ces mots alsaciens ! Bref, vous nous aviez promenés avec ma femme et nos enfants, sur toutes ces places pittoresques de Strasbourg, nous racontant leur histoire, toutes ces charmantes légendes, ces coutumes si typiques de votre région... alors...

– Alors c'est d'accord, Monsieur le Proviseur. Je servirai de guide à votre petite-nièce, même si j'ai un peu perdu l'habitude de me promener en ville.

– Justement, justement, cela vous fera du bien, à vous aussi, ajouta-t-il, un sourire finaud au coin des lèvres.

Tout en me secouant les mains en signe de gratitude, il ajouta en plissant les yeux : « Fernande, je veux dire Mademoiselle Chapirac, est à peine un peu plus jeune que vous et, vous verrez, elle a du tempérament ! »

Il ne m'avait pas menti. Sinon que sous le mot « tempérament » prononcé avec un large sourire de mâle connivence, et l'imagination aidant, j'avais prêté à cette inconnue des qualités bien différentes du flair et du sang-froid dont elle venait de faire preuve. D'ailleurs lorsqu'il me l'avait présentée, ce matin, ma libido en émoi avait supplanté ma seule imagination, tant cette sculpturale jument promettait de « tempérament ». Et ce malgré un nez surdimensionné mais fort utile pour supporter des lunettes aux verres aussi épais que ceux des vitraux de la cathédrale.

Pour l'instant, ma libido était en sommeil. La macabre découverte m'avait secoué. C'est d'un pas encore flageolant que je me dirigeai, à vingt mètres de là, vers le poste de garde de l'Hôtel du Préfet. Le policier en uniforme, la quarantaine bedonnante, sirotait un café en écoutant attentivement la retransmission par Radio Alsace, en direct, d'un match du Racing Club de Strasbourg. Il sursauta lorsque je toquai contre la vitre. Il ouvrit la fenêtre et, consterné, d'une voix proche de l'agonie m'annonça : « Ils sont menés, ces cons, deux à zéro, à dix minutes de la mi-temps... »

Avec mon air hagard et mes explications confuses, il me prit pour un cinglé qui aurait abusé du vin chaud. J'eus toutes les peines du monde à le faire émerger du gouffre de malheurs dans lequel son équipe favorite l'avait plongé, pour l'intéresser à un Père Noël assassiné et émasculé qui gisait sous les branches à quelques pas de là.

– C'est pas des conneries, hein, que vous me racontez ? Parce que sinon, moi, je vous fais coffrer, hein ?

L'incrédulité se mêlait à la colère et le brave roussin était en plein désarroi.

– Je vous en supplie, Monsieur l'agent, venez vite, il ne faut pas laisser Mademoiselle Chapirac toute seule avec ce cadavre.

– Qui c'est encore celle-là ?

– C'est... c'est une femme de tempérament !, assénai-je, à court d'arguments. Le ton eut l'air de le convaincre. Il referma le guichet vitré et décrocha le téléphone qui le reliait au Commissariat Central. Après une brève conversation, il rouvrit la vitre et, braquant sous mon nez son pistolet, il m'intima :

– Tu bouges plus, les mains en l'air. Si tu m'as raconté des salades, tu vas pas rigoler quand les collègues vont débarquer !

Vous l'aurez remarqué, le seul fait de tenir un pétard au bout du bras autorise un fonctionnaire de police à tutoyer celui qu'il tient en joue. (S'il n'a pas lui-même de pistolet. Evidemment !)

Le spectacle d'un quidam, les bras levés et d'un flic, pistolet au poing le braquant à travers la vitre d'un poste de police, alors qu'un haut-parleur lointain diffusait *« Il est né le petit enfant ! »* était si inhabituel aux abords du marché de Noël, qu'il eut tôt fait d'attirer l'attention d'un groupe de plus en plus nombreux de curieux intrigués. Chacun s'interrogeait. On attendait le deuxième acte. « Ils ne vont pas être déçus », pensai-je.

Par ironie du sort, Tino Rossi entonnait tout juste *« Petit Papa Noël »,* lorsque j'entendis les sirènes de la voiture de police qui se rapprochait. Il était temps, je commençais à fatiguer des bras.

Chapitre 2

Il appuie sur le bouton rouge de son téléphone portable pour mettre fin à la conversation. Maintenant que son interlocuteur a accepté le rendez-vous, le piège est prêt à fonctionner. A l'autre bout du fil, il avait fini par se laisser convaincre que la transaction ne saurait attendre. L'appât du gain avait dissipé les dernières réticences. Le plan était en marche. Rien ne pourrait plus l'arrêter.

Il adresse un regard à l'homme assis à ses côtés et lève le pouce vers le ciel pour lui signifier que tout est O.K. Dans un quart d' heure, dans seize minutes très exactement, la première partie de son plan commencerait. Opération plus que banale s'il avait pu compter sur un des membres de son groupe. Plus risquée avec son complice d'occasion. Mais ses compagnons d'armes habituels étaient loin. Très loin. Sa cause n'est pas la leur « bien qu'elle soit tout aussi sacrée », il en est intimement persuadé.

Il n'est encore que quatre heures de l'après-midi, quinze heures quarante-quatre minutes très précisément. Le brouillard déjà très dense en cette soirée d'hiver et la nuit qui tombe vite leur faciliteraient la tâche. Il faudra agir vite. Il sait exactement ce que chacun doit faire, au geste près, seconde après seconde. Le comportement de son acolyte reste la seule inconnue. A part cela, il a tout prévu. Comme on le lui avait appris. Il avait toujours admiré la maîtrise et la minutie avec lesquelles le Capitaine Rachid préparait toutes les expéditions. Avait-il bien retenu la leçon ? Saurait-il se montrer à la hauteur ? C'était la première fois qu'il allait tuer en solitaire. Il ne fallait négliger aucun détail.

Il avait méticuleusement repéré l'endroit. Il sourit en se disant que la victime l'avait elle-même choisi, comme il l'avait prévu. « Elle n'aurait pu faire meilleur choix », se dit-il. Le petit jardin à l'arrière du Palais du Rhin était peu fréquenté, surtout en cette saison. Surtout un mercredi, jour de congé pour les élèves du collège Foch tout proche. Il effleure du bout des doigts le poignard de combat dans sa gaine de cuir. Court et terriblement tranchant, il lui avait été offert par le Capitaine Rachid, lui-même, à la fin du stage commando. Il ne l'avait jamais quitté depuis, dans aucun des raids auxquels il avait pris part. Il tâtonne au fond de sa poche la fiole d'éther, le paquet de gaze hydrophile et le rouleau de ruban adhésif. Il a pensé à tout. Le Capitaine Rachid aurait été fier de lui.

Il jette un coup d'œil sur sa montre bracelet. Quinze heures cinquante et une. L'homme ne va plus tarder. Il frissonne. C'est toujours ainsi, juste avant de passer à l'action. Cette petite décharge électrique qui lui parcourt le dos, de l'échine au creux des reins. Dernier sursaut de faiblesse ou d'humanité veule. Prémices de la jouissance qu'il éprouverait dans l'accomplissement de sa mission. Il inspire profondément et ferme les yeux pour mieux anticiper. Par l'esprit. La terreur qui noie le regard de la victime. Juste avant de lui trancher la gorge. D'un coup sec.

En se reculant pour éviter d'être éclaboussé de sang. A la différence, qu'aujourd'hui, il ne l'égorgera pas. Il a d'autres desseins. Ce serait trop expéditif. Trop discret. Trop égoïste.

Il consulte une nouvelle fois le cadran lumineux de sa montre. Quinze heures cinquante-six. C'est le moment. De la main, il touche l'épaule de son compagnon qui ne bouge pas, les mains sur le volant. Malgré l'obscurité, il perçoit la peur dans le regard de son acolyte qui se contente de hocher la tête pour acquiescer. Il pense : « Pourvu que le vieux tienne le coup ! ». Mais il n'a pas le choix. Dans l'immédiat, il a besoin de son concours. Raison de plus pour ne rien laisser au hasard. Après, il agirait seul. Tout seul.

La mise à mort, ce serait pour plus tard. Il a déjà tout prévu. Dans les moindres détails. Le décor lui plaît beaucoup. A la fois sûr et... pittoresque. Le matériel est prêt. Bien plus sophistiqué que leur minable vidéo-club d'autrefois. Le scénario est écrit. Rien ne pourra en empêcher l'exécution. Dans un peu plus de quarante-huit heures, ce salaud aura payé. Non sans avoir compris, il y tient. Non sans avoir souffert, beaucoup. « Là où la justice est défaillante, il faut armer le bras de la justice ». C'était un des slogans préférés du Capitaine Rachid.

Ils se laissent glisser en bas du véhicule. Ils parcourent les quelques mètres qui les séparent de la grille sans échanger le moindre mot. Là ils se séparent. Chacun sait ce qu'il a à faire. Les échos d'un haut-parleur leur parviennent, tout proches. Une chorale d'enfants chante : « Depuis plus de quatre mille ans, nous attendions cet heureux temps... »

Ils n'ont pas longtemps à patienter.

Chapitre 3

L'irruption de la voiture blanche et bleue, marquée « Police » fut digne d'un épisode télévisé de la série américaine Starsky et Hutsch. Rien ne manquait : ni le hululement strident des sirènes, ni l'éblouissement saccadé du gyrophare, ni le crissement des pneus sur les gravillons, le claquement sec des portières, ni même les deux balèzes en uniforme qui me tombèrent sur le paletot sans crier gare. En moins de temps qu'il n'en faut à un loubard de banlieue pour arracher le sac à main d'une septuagénaire, je me retrouvai à plat ventre dans la poussière. Tandis que l'un des vaillants poulets m'écrasait les reins sous son genou, le second me fixait les menottes dans le dos.

« Bambins et gamines, venez, venez tous » diffusait le haut-parleur. L'appel était superflu. Les badauds de tous âges s'attroupaient, subjugués par cette démonstration éclatante de la force publique. Des murmures admiratifs s'élevaient. « Enfin des flics qui savent y faire avec les malfaiteurs ! »... « C'est comme ça qu'il faut traiter les voyous ! »... « Pourquoi on n'a pas les mêmes agents à Cronenbourg pour mettre au trou tous ces voleurs d'Arabes ? ».... « Bravo ! Chez nous, dans le quartier, les

keufs ne s'aventurent même plus ! ». Les commentaires, dans leur diversité, reflétaient le malaise profond des populations de nos cités, dès qu'il est question de sécurité.

Pendant qu'on me transportait sans ménagement à l'intérieur du poste de police de l'Hôtel du Préfet, je crus même percevoir quelques applaudissements. Et dire que je n'étais qu'un inoffensif témoin. Adulte, de race blanche et assez correctement vêtu qui plus est ! Ce qui tendrait à prouver, par l'absurde, que notre Police Nationale est un peu brusque, soit, mais qu'elle n'est pas spécialement raciste. Pas plus que la foule anonyme. Tout le monde est logé à la même enseigne : on condamne et on cogne d'abord, on interroge après. A moins que ?...

– Soufflez... Encore... Plus fort !, glapissait le sous-brigadier à la voix haut perchée.

A son grand désappointement, l'éthylomètre ne révélait nulle trace d'alcoolémie. Le sous-brigadier ne savait pas que l'amer-bière et le riesling de midi ainsi que le vin chaud du marché de Noël parfumaient un tas de branchages non loin d'ici. Il ne savait pas davantage que la seule vue du cadavre dissimulé sous ces branches avait le pouvoir de dégriser le soiffard le plus imbibé. Il ne le savait pas, parce qu'il ne m'avait pas donné l'occasion de le lui apprendre. Lorsque enfin, après avoir fouillé mes poches, examiné mes papiers, « Lemmy, vous vous appelez Claude Lemmy, domicilié à Illkirch-Graffenstaden ? Oui ?... Profession : Conseiller Principal d'Education ?... hum..., hum... », il daigna m'écouter. Je vis une énorme stupeur teintée d'une gigantesque incrédulité humaniser son faciès de pitt-bull galonné.

– C'est où exactement ?

– A vingt mètres, après les W.C. publics. Mademoiselle Chapirac est là-bas. C'est elle qui a découvert le...

Vous la reconnaîtrez, elle est rousse, elle a un chignon, des lunettes, elle porte une veste de lainage rouge bordeaux...

– Mayer, Morbaccini, venez avec moi. Vous, surveillez le suspect... enfin, le témoin..., ordonna-t-il s'adressant successivement aux deux malabars et au factionnaire.

Toujours menotté, je les vis, par la fenêtre, quitter l'Hôtel du Préfet, déboucher sur la Place du Petit Broglie et, tels les trois Rois Mages, entraîner dans leur sillage la multitude avide d'événements. La foule jacassante disparut derrière un camion à ridelles chargé de sapins. La rumeur, lentement, décrut... avant que, soudain, comme un coup de tonnerre déchirant une paisible nuit d'hiver, n'éclate un cri sauvage, sorti simultanément de dizaines de gorges horrifiées, qui enfle et se transforme en un tumulte proche de l'émeute : hurlements, plaintes et gémissements, cris d'horreur et appels au secours, sifflets à roulette, bruits de pas, de courses en tous sens, pleurs d'enfants, appels angoissés... et l'agent Mayer (à moins que ce ne soit Morbaccini), haletant, soufflant, crachant, la casquette de travers, qui se hâte vers la voiture de police toujours garée sous nos yeux :

– Vite,... pff,... pfff,... passe-moi la radio,... - il s'adressait à son collègue chauffeur, resté au volant - ... vite, pff..., le Central,... pff,... des renforts,... une ambulance, oui... pff... pfff... et la Crim, oui... oui...

– Qu'est-ce qui se passe ?, l'interpella mon ange gardien.

– La merde, pff... une sacrée merde... Faut qu'j'y retourne... avec tout ce monde...

– Et lui, qu'est-ce que j'en fais ?, demanda le factionnaire en me désignant de l'index.

Mais l'agent Morbaccini (à moins que ce ne soit Mayer) se contenta d'un geste vague par-dessus l'épaule et, n'écoutant que son devoir, le souffle court et le képi de guingois, s'en retourna vers la cohue.

Je gardais donc mes bracelets. Mon gardien avait coupé son transistor. Le résultat définitif du match du Racing passait au second plan. Pour une fois qu'il était au cœur de l'événement ! Mais comme pour le match de foot à la radio, il devait se contenter du son : celui d'une ambulance Police-Secours toutes sirènes hurlantes suivie d'une noria de voitures, crissements de pneus, claquement de portières, concert de sifflets, ordres, contre-ordres, clameurs, protestations de la foule que l'on prive du spectacle... Un bazar comme en vingt ans de carrière, il n'en avait jamais vu ! Il m'épiait du coin de l'œil, partagé entre son sens du devoir qui lui commandait de me surveiller et la tentation grandissante de se pencher par la fenêtre.

Enfin, on entendit le vrombissement des voitures qui redémarraient. Quelques coups de sifflets encore et le raclement de centaines de semelles sur le bitume.

– Circulez, il n'y a plus rien à voir ! Circulez !

– C'était le sous-brigadier qui s'efforçait de disperser les curieux. Je reconnaissais sa voix de fausset.

Quelques minutes plus tard, il pénétra dans le poste de police. Il n'était pas seul. C'était décidément la journée des surprises ! A sa suite, venait Mademoiselle Chapirac, le chignon un peu défait, certes, la vue basse derrière ses épaisses lunettes, mais l'allure martiale comme si elle pénétrait en pays conquis. Elle précédait, je vous le donne en mille, l'immense carcasse vêtue d'un blouson de toile crasseux et de jeans délavés, coiffé de son éternel et informe chapeau aux bords larges et avachis, l'inimitable, l'incomparable Commissaire Principal

Victor Meister, alias le « Cow-Boy »*. Dans ma situation, j'avoue que j'éprouvais une sorte de soulagement à le voir. Cela éviterait de longues explications avec ses collègues.

On se connaissait depuis vingt ans. A l'époque il était inspecteur de police au Neuhof, banlieue sensible de Strasbourg, moi, je faisais fonction de conseiller d'éducation dans l'un des collèges du quartier. On n'avait jamais vraiment sympathisé, mais à l'époque le mot d'ordre de la Police et de l'Education Nationale c'était « Travaillez ensemble ». On avait fait des efforts. Et puis, on s'était croisés, plus récemment, sur une sombre affaire de crimes mettant en cause d'anciens élèves. On avait collaboré. Pas vraiment franchement. Mais avec une certaine efficacité.

Dès qu'il m'aperçut, sa trogne violacée se fendit d'un rire aussi large que tonitruant :

– Ah, si je m'attendais ! C'est donc vous !... Monsieur Lemmy !... Puis se tournant vers le factionnaire – Et alors, ne restez pas planté là comme un empoté, enlevez ces menottes à Monsieur le Conseiller d'Orientation !

– Conseiller d'Education, Conseiller Principal d'Education, crus-je nécessaire de rectifier en le remerciant d'un sourire jaune.

– Comment Victorrr, tu connais Monsieur Lemmy ? Quelle surrrprrrise !, s'exclama à son tour Mademoiselle Chapirac qui nous observait à travers ses hublots.

---

* Lire « *Nuages de Haine* » Editions du Bastberg.

– Et comment ! Cela fait vingt ans ! Et depuis quelques temps on est pour ainsi dire devenus inséparables. On te racontera, Fernande.

Sur le coup, c'était moi qui allais de surprise en étonnement. Ainsi Mademoiselle Chapirac et le « Cow-Boy » se connaissaient. Et qui plus est, les deux se tutoyaient, s'appelaient par leurs prénoms !... La stupeur devait se lire sur mon visage car Mademoiselle Chapirac se précipita sur moi pour m'administrer à nouveau quelques taloches amicales sur les joues afin de réactiver une circulation sanguine défaillante.

– Allons, mon cher, remettez-vous... Je vais vous expliquer : Victor, le Commissaire Principal Victor Meister et moi, nous avons fait ensemble l'Ecole de Police.

– Parce que... vous êtes... ?

– Commissaire, oui. Commissaire Principal, officier de police judiciaire. Mais en vacances, pas en service, s'empressa-t-elle d'ajouter comme pour atténuer le choc que cette révélation avait provoqué.

Dans son dos, Meister, hilare, me lançait des clins d'œil égrillards et faussement attristés :

– On se fait dorloter ? Petit veinard, va... Heureusement qu'on vous a gardé au chaud, à l'intérieur, vous n'auriez pas supporté le spectacle !

L'agent factionnaire, assis sur sa chaise, poussa un timide ouf de soulagement. Cette remarque de son supérieur le rassurait. Il avait tellement craint l'engueulade pour m'avoir menotté ! Moi, vaguement vexé, je repoussai amicalement Mademoiselle Chapirac et, pour fanfaronner, pour ne pas perdre la face, je protestai :

– Le spectacle, comme vous dites, je l'ai vu. Avant vous. Et si vos sbires m'avaient écouté, on aurait pu éviter les attroupements, poursuivis-je, trop content de donner une leçon de civisme à la flicaille rassemblée. Surtout au « Cow-Boy ». Ce type avait le don de me faire prendre conscience que j'étais capable d'aversion envers un être humain. C'était physique. Pour bien lui signifier que j'avais retrouvé sang-froid et à propos, je questionnai :

– C'était qui, le... le... le Père Noël... ?

– Pour l'instant, on l'ignore. Il n'avait pas de papiers sur lui puisqu'il était...

– Nu. Je sais. J'ai vu. Et qu'il était balafré sur la poitrine...

– Certainement torturé, en effet. Et, curieusement, on lui avait planté dans la bouche une de ces friandises écœurantes, toute rouge...

– Une pomme d'amour, précisai-je. J'ai vu.

Je plastronnais. J'affichais une feinte désinvolture. Meister dut s'en rendre compte. Il questionna :

– Et vous avez vu aussi qu'on lui avait...

Mademoiselle Chapirac tenta d'intervenir :

– Victor, est-ce bien nécessaire ?

– Mais Monsieur Lemmy a le droit de tout savoir ! N'est-ce pas, Monsieur Lemmy que vous voulez connaître tous les détails ?

Il jubilait. Je me taisais. J'avais entrevu l'horreur, mais mon esprit se refusait à y mettre des mots. Je craignais le pire. Le Commissaire Principal Meister, dit le « Cow-Boy », inspira profondément, puis il articula, en détachant les syllabes pour mieux souligner l'indicible :

– Votre Père Noël... En plus d'avoir été tru-ci-dé, puis tor-tu-ré, on lui a aussi ar-ra-ché la...

– La zigounette et les coucougnettes.

C'était Mademoiselle Chapirac qui, une fois encore, coupait la parole au rustaud comme pour atténuer par la légèreté du vocabulaire l'abomination de l'acte. Précaution superflue ; l'agent factionnaire qui n'avait pas perdu une miette du rapport tomba dans les vaps illico. Comme une masse, il s'affala de tout son long sur le plancher. Tant mieux : il libérait une chaise dont mes jambes de coton avaient grand besoin.

Chapitre 4

Le spot éblouissant du projecteur braqué sur lui, l'empêche de garder les yeux ouverts. Le reste de la cave est plongé dans l'obscurité. Il sait que c'est une cave. A l'odeur. Cette odeur mêlée de poussière rance, de moisi aigre, de patates germées, d'urine aussi - il avait dû pisser sous lui - de sueur, la sueur froide de l'angoisse qu'il sent ruisseler sur son corps nu...

Malgré les liens serrés qui l'entravent, il réussit péniblement à tourner la tête de l'autre côté pour protéger ses pupilles aveuglées. Sur le mur du fond, un mur construit en pierres de taille grossières, il a le temps d'entrevoir, projetées en ombres chinoises, sa silhouette allongée sur une sorte de tréteau et celle, monstrueusement grossie, d'un individu encapuchonné et vêtu d'une ample cape qui s'approche, le saisit brutalement par les cheveux pour exposer son visage à la lumière crue du projecteur :

– Tourne-toi, salaud, c'est toi la vedette !

L'homme nu gémit. Il voudrait parler. Questionner celui qui le brutalise, qui l'insulte... Il ne le peut pas. Il est bâillonné. Un ruban adhésif rigide qui crisse lorsqu'il tente de remuer ses mâchoires. Alors l'homme nu relâche les muscles de sa nuque. Il ferme les yeux. Son cœur bat la chamade. Il réfléchit. Il essaye de rassembler des souvenirs. Par bribes. Par lambeaux...

Quand était-ce ? Il y a une heure ? Un jour ? Une éternité ? Et ce goût dans la bouche ? Ce relent à la fois fort, âcre et doucereux... l'odeur d'éther ! Il s'en souvient, à présent... ces mains fermes qui l'agrippent, le projettent au sol, lui tordent les bras dans le dos... et cette autre main qui lui applique sur le visage une sorte de tampon... cette odeur volatile de l'éther... et le trou noir...

Mais qui ? Qui sont ses agresseurs ? Il a trop mal au crâne pour raisonner. Et c'était quand ? Mardi ? Mercredi ? Oui, mercredi soir, dans le petit square derrière le Palais du Rhin... Il avait rendez-vous... avec un client... Un client pressé... Il voulait être livré immédiatement... Il aurait dû se méfier... Mais son interlocuteur voulait tout, la série complète et il y mettait le prix... et soudain, ces ombres, ces mains, cette odeur nauséeuse...

Quelle imprudence coupable ! Mais son acheteur semblait tellement bien renseigné. Il n'avait posé aucune question quand il lui avait indiqué l'endroit... comme s'il connaissait. C'est souvent là qu'il fixait ses rendez-vous... un petit parc, au centre ville, discret, peu éclairé, sans beaucoup de passants. Pourquoi ne pas avoir pris les précautions habituelles ?

L'homme nu se souvient. Les billets d'avion !... Il venait de les acheter... Il voulait lui faire la surprise... Il était tout à son bonheur... Il ne s'était pas méfié de ce client de dernière minute... Et que lui veut-il ? Pourquoi ce bâillon, ces liens, cette cave et pourquoi ce projecteur ? Pourquoi ? Pourquoi ?

Un déclic léger brise le silence de la cave. Un ronronnement très doux se met en marche voilant le souffle haletant de l'homme nu. Il sent, plus qu'il ne voit, l'individu à la grande cape s'approcher. Lorsqu'il se penche sur lui, il peut distinguer que la cape est rouge et que la manche droite est bordée de fourrure blanche. De cette manche sort une main gantée. Cette main brandit un poignard court et effilé. Dans le faisceau du projecteur, la lame acérée brille de mille éclats. L'homme nu ferme les yeux. Il attend...

Tout d'abord, il ne sent rien. Juste une légère caresse sur son torse. D'un téton à l'autre. Puis de la glotte au nombril. Et sur les côtes. Il réalise lorsqu'il sent s'écouler, humides et chauds, des filets de son sang, de part et d'autre de son torse... Il a envie de hurler, d'effroi plus que de réelle douleur lorsque la pression de la lame se fait plus forte sur sa poitrine, tailladant de plus en plus profondément dans sa peau, dans sa chair...

Son tortionnaire s'éloigne un instant. Il l'entend déplacer un objet au fond de la cave puis revenir et appliquer sur son torse une masse froide et dégoulinante comme une serpillière mouillée... Un court instant, la fraîcheur de ce cataplasme lui procure une sensation plutôt apaisante... Et puis, le picotement d'une multitude de fourmis accélère la circulation du sang sur sa peau tailladée... Le picotement devient démangeaison, de plus en plus intolérable... L'homme nu se raidit, ses yeux s'écarquillent et se révulsent aussitôt, d'étonnement autant que d'épouvante lorsque la forte odeur sure emplit ses narines dilatées : l'emplâtre de choucroute fraîche ronge ses plaies à vif.

– Ch, ch, choucrout',... ch, ch choucrout'...

Une voix froide et caverneuse, sans colère, avec un je-ne-sais quoi rappelant le sifflement du serpent venimeux, chuintait à son oreille :

Ch, ch, choucrout'... ch, ch, choucrout'...

L'homme nu brûle atrocement. L'odeur épicée des chairs à nu emplit la cave et son esprit... NON !... NON !... CE N' EST PAS POSSIBLE ! IL Y A SI LONGTEMPS !... NOOOOON !... Dans un ultime soubresaut, les yeux comme deux gouffres emplis de la plus profonde incrédulité et sans que nul son ne franchisse ses lèvres bâillonnées, l'homme nu hurle.

Chapitre 5

Dans le jour finissant, nous quittâmes tous trois le poste de police de l'Hôtel du Préfet. La Place du Petit Broglie avait retrouvé son activité habituelle. Au loin les hauts-parleurs diffusaient : *« Dou - ou - ce nuit, Sain - ain -te nuit... »*. Une tresse rouge et blanche délimitait un périmètre de sécurité. Le cadavre avait disparu. Trois policiers en uniforme montaient la garde.

Nous nous attardâmes un moment devant le tas de branchages.

– Faut être dingue de déposer un cadavre en cet endroit !, dit Meister en se grattant le crâne sous son feutre crasseux. Avec tout le populo qui passe ici !

– Et à quelques mètres de l'Hôtel du Préfet, ajoutai-je. Avec des policiers en faction, nuit et jour !

– Un dingue, c'est sûr. Qui s'amuse à déguiser sa victime en Père Noël, après l'avoir atrocement torturé.

– A moins, suggéra Chapirac, que ce déguisement n'ait servi qu'à dissimuler le cadavre pour faciliter son transport. Car, selon toute vraisemblance, il a été tué ailleurs, avant d'être déposé ici.

– Et pourquoi ici ? Pourquoi prendre autant de risques ? Il aurait pu le balancer n'importe où, son macchabée ! Meister s'emportait, fourrageant de plus en plus vigoureusement sous son chapeau.

– Lorsque nous aurons la réponse à cette question, l'enquête aura beaucoup progressé, dit sa collègue. Notre meurtrier a non seulement tué, torturé et châtré sa victime, il voulait en plus que cela se sache. Que tout le monde soit informé de la manière cruelle dont ça s'était passé. A mon avis, la victime a été séquestrée et torturée, peut être pendant plusieurs jours avant d'être mise à mort.

– Mais pourquoi, bordel ? Qu'est-ce qu'il cherchait à démontrer ? Un dingue, je vous dis !

– Ne faut-il pas être fou, dis-je naïvement, pour tuer quelqu'un ?

– Et quoi encore ?, ricana le « Cow-Boy », vous n'avez jamais eu envie de faire la peau à un emmerdeur ? C'est une idée qui nous a, à tous, traversé le cigare à un moment ou à un autre.

– Mais pas comme ça, Victor. Pas avec une telle sauvagerie !

– A voir, bougonna Meister. Mais ce type-là était plus fêlé que fêlé, sans doute. J'ai mon idée là-dessus. Dès qu'on connaîtra le nom de la victime, on sera fixé. Et le rapport du légiste nous en apprendra certainement beaucoup. Faut que je file à l'usine, moi !

Il avait proposé de nous ramener à Illkirch. J'avais refusé. Ce type m'exaspérait et je repensai à ce qu'il avait dit. A propos des individus qui vous inspirent des envies homicides.

– Déposez-nous Place de l'Homme de Fer. Nous prendrons le tram.

– Reçu cinq sur cinq !, crut-il opportun d'ajouter. Vous préférez être seuls. Les tourtereaux ont assez perdu de temps ! Je vous comprends. Ma chère Fernande, mon cher Lemmy, on se reverra lundi matin, pour le procès-verbal. En attendant, bon dimanche et amusez-vous bien !

Ni Mademoiselle Chapirac, ni moi n'avions relevé les propos du mastard. Je sus gré à ma charmante accompagnatrice de ne pas prendre le parti de son collègue et de ne pas profiter des circonstances pour m'humilier davantage. Certes, je lui en voulais un peu de ne pas m'avoir révélé plus tôt sa profession. Mais pouvais-je réellement le lui reprocher ? Un flic n'aurait-il pas le droit de rêver du marché de Noël ? Et à fortiori une fliquette ? Qui reste une femme ! Et quelle femme ! Imperturbable et en pleine(s) forme (s). Moi, j'étais lessivé.

Le voyage du retour jusqu'à Illkirch fut pénible. Le tram était bondé. Nous étions aussi compactés que les fruits secs dans un « Bierewecke* » et je crus défaillir plus d'une fois. Le soutien plantureux de mon accompagnatrice me fut d'un grand secours. Au terminus, elle m'offrit son bras ferme pour soutenir mes pas hésitants.

Sur le pas de la porte de mon appartement de fonction, elle colla sur mon front moite un bisou maternel :

– Mon cher, les émotions vous ont épuisé. Reposez vous. Demain, c'est dimanche, nous aurons tout le temps !...

---

* Bierewecke ou Pain de Noël, servi autrefois avant la messe de minuit et contenant beaucoup de fruits secs grossièrement hachés, de pommes et de poires.

J'avalai deux comprimés de Stilnox et je m'écroulai sur mon lit. Mon crâne était sur le point d'imploser. Mes tempes battaient la cadence :

Nous aurrrons tout le temps...
Nous aurrrons tout le temps...
Tout le tempérrrament...
Tout le tempérrrament...
Nous aurrrr...
Rrrrrrr...
Rrrrrrrr...

Dans la nuit noire de l'hiver, le vent gémit par rafales. Un volet claque, lancinant. La porte de ma chambre vibre sur ses gonds et l'obscurité, progressivement, se déchire... Le Père Noël porte un masque de plastique. Il sourit derrière son opulente barbe blanche. A travers les fentes des orbites, brillent des yeux froids et cruels. Lentement, le Père Noël écarte les pans de sa houppelande rouge. Entre ses cuisses nues, couleur d'albâtre, luisent comme un buisson ardent les poils roux de sa toison pubienne. Entre les seins lourds aux larges aréoles brunes, oscillant au rythme de son souffle haletant, rouge et gluante, se balance une pomme d'amour...

Alors le Père Noël se penche sur moi et retire son masque. J'ai à peine le temps de reconnaître Mademoiselle Chapirac, qu'elle se jette sur moi en éclatant d'un rire démoniaque. Ses mains aux ongles rouges arrachent mes testicules et, d'un coup sec de sa mâchoire puissante, elle sectionne ma verge en érection...

Je poussai un hurlement de douleur et me dressai dans mon lit... J'étais en nage... Je tremblais de tous mes membres... Machinalement mes mains se portèrent vers mon bas-ventre, comme pour vérifier... L'attirail était au complet, même si, d'émotion, il ne pouvait, pour l'instant, ne servir à rien d'autre qu'à pisser un coup.

Ce que je fis, avant de plonger dans un sommeil enfin exempt de nouveaux cauchemars.

Chapitre 6

L'homme nu a dû perdre connaissance. Sous l'effet de la douleur. Par moments, son corps tressaute comme s'il était traversé par un courant électrique. Quelques filaments de choucroute glissent lentement de sa poitrine au souffle agité.

Un peu d'air frais pénètre avec lui, lorsque son tourmenteur à la cape rouge revient dans la cave aux relents fétides. Le corps de l'homme nu frissonne, sans plus. Le bourreau, de sa main gantée, comme on écrème une jarre de lait, débarrasse le torse et le ventre de ce qui reste du cataplasme aigre. Les plaies béantes, rongées par la saumure, sont sanguinolentes. Puis, d'un geste brusque, il arrache le ruban adhésif. L'air s'engouffrant dans sa gorge desséchée et dans ses bronches ramène l'homme nu à une semi-conscience :

– Soif !... parvient-il à gémir. Soif...

– Tiens, une petite douceur. Tu as toujours aimé les petites douceurs !

C'est la même voix, glaciale, un peu voilée. Et l'inconnu approche de ses lèvres gercées une pomme écar-

late, une pomme enrobée de sucre. Luisante, gluante, doucereuse, écœurante pour l'assoiffé. De force, il l'insère entre ses dents...

C'est seulement à ce moment-là qu'il rallume le projecteur aveuglant. Un doux ronronnement se fait entendre.

– Et maintenant tu vas parler, décrète le tortionnaire, calmement, comme d'une évidence.

L'homme nu ne demande que cela. Qu'on lui enlève cette pomme d'amour de sa bouche ! Qu'on lui donne à boire ! Il dira tout. Tout ce qu'on lui demandera ! Et même plus s'il le faut !

Chapitre 7

Dans l'inconscient cotonneux de mon sommeil, les images de la veille se mêlaient encore au souffle du vent et aux bruits confus d'un jour nouveau. Au loin, les quatre coups de l'heure achevaient de s'égrener au clocher de l'église Saint Symphorien. Mais de quelle heure ? Je tentai de compter les coups du carillon lorsque je pris enfin conscience que d'autres coups, discrets, presque furtifs, retentissaient contre ma porte. Alors, je m'éveillai. Dans la lumière grise, ma chambre était sinistre.

En slip, je me dirigeai vers la porte. Je l'ouvris. Il me fallut un certain temps pour réaliser que c'était la fascinante Mademoiselle Chapirac qui se tenait devant moi, dans la lumière éblouissante de la cage d'escaliers. A contre-jour, le néon enflammait ses cheveux roux. Elle restait là, radieuse, flamboyante, dans une robe de chambre bleu nuit qui bâillait complaisamment sur une nuisette jaune si légère que j'eus confirmation de certains détails anatomiques qui me furent révélés en songe, lors de mon cauchemar nocturne. Je déglutis avec peine.

– Je... euh... j'étais en train de penser à vous, affirmai-je. Il est quelle heure ?

– Neuf heures tapantes. Vous avez déjeuné ?

– Euh... Non.

– Dans ce cas, vous perrrmettez ? Vous parrraissez encorrre trrrès fatigué, mais j'ai là de quoi vous fairrre retrrrouver votrrre vigueurrr.

Elle roulait tellement les « r » qu'elle semblait roucouler comme une colombe énamourée. Il ne me déplairait pas, pour une fois, d'être le pigeon. Je vis que le fringant Chaperon Rouge portait au bras un panier d'osier d'où émergeaient une bouteille thermos et un kougelhopf saupoudré de sucre glace.

– Mais je vous en prie, dis-je en m'effaçant.

Elle entra. A travers ses épais carreaux de myope, elle ne parut pas même se rendre compte qu'elle se trouvait en présence d'un homme en très, trop, petite tenue pour dissimuler plus longtemps des émotions matinales. Gauchement, je lui indiquai un fauteuil d'osier. Embarrassé par ma demi-nudité, je retournai jusqu'au lit et me drapai dans une couverture.

Deux minutes plus tard, une agréable odeur de café flottait dans l'air. Mademoiselle Chapirac mordait avidement dans une tranche de kougelhopf. Un peu de sucre tomba dans son décolleté. Elle le retira du bout de l'index qu'elle pourlécha d'une langue gourmande :

– C'est bon ! Trrrès bon ! Tonton m'a dit que les Alsaciens, tous les dimanches, mangent de ce kougo... kougle...

– Kougelhopf, la repris-je. C'est en effet un gâteau que nous apprécions. Mais, pour aujourd'hui, comme c'est la semaine du Saint Nicolas, j'avais prévu de manger un « männele ».

– C'est quoi ?

– Un petit gâteau en pâte levée, découpé en forme de « männele », c'est à dire de « petit homme. »

– Eh ! Nous le crrroquerrrons tout à l'heurrre, le petit homme ! s'esclaffa-t-elle.

Elle émit un hennissement vorace. Elle retroussait ses lèvres pulpeuses et exprimait, toutes dents dehors, une telle satisfaction carnassière que j'en frémis.

Même si elles m'attirent, j'ai toujours eu une certaine crainte instinctive devant ces femmes amazones, trop fortes, trop libres, qui affichent une familiarité certaine pour les choses du sexe. Qui en parlent, en termes crus, avec des regards pleins de sous-entendus. Si, en plus, elle est commissaire de police !... A tout prendre, je préfère les minettes, moins sûres d'elles, un peu plus hésitantes, trop préoccupées de leur propre timidité pour prêter attention à mon malaise...

« Néanmoins, quel tempérament ! », pensai-je, partagé entre des sentiments contradictoires. J'hésitai, ne sachant trop quelle attitude adopter.

Juste à ce moment-là, on tambourina violemment contre la porte de l'appartement. Sauvé par le gong ! Toujours drapé dans ma couverture, je gagnai l'antichambre, ouvris la porte pour découvrir, - ce ne pouvait être que lui - le Commissaire Principal Meister, plus débraillé que jamais, hirsute et non rasé.

– Je sais, je sais, c'est un peu cavalier, un dimanche matin, mais on se connaît assez pour ne pas se formaliser, n'est-ce pas ?

Il n'attendait aucune réponse, en fait, et sans plus attendre, me repoussa vers la chambre.

– Oh ! et que voilà ma charmante collègue !, ricana-t-il en apercevant Mademoiselle Chapirac lovée dans le fauteuil de rotin. Pendant que d'autres travaillent, il y en a qui se la coulent douce, crut-il nécessaire d'insister en me lançant un clin d'œil appuyé. Si vous avez fini de... de déjeuner, je vous embarque. Il y a du nouveau depuis hier soir. Je vous raconterai. Et je crois bien que vous pourrez m'aider, ajouta-t-il, mystérieux soudain.

– Qui, moi ?, m'étonnai-je.

– Oui, vous, monsieur le Princi..., monsieur le conseiller de je ne sais plus quoi.., s'emporta le butor. Je vous expliquerai. C'est pas vous et vos patrons qui n'arrêtez pas de nous seriner qu'il faut « travailler ensemble » ? Ben, c'est le moment. Le monde entier réclame plus de sécurité. Mais quand il s'agit de bouger son cul, il n'y plus personne. « Mais que fait la police ? », qu'ils rabâchent. Ben la police, elle bosse. Même le dimanche, elle bosse. Elle peut pas se permettre de... de...

Il était hors de lui. Il bafouillait, en désignant d'un doigt rageur ma couche défaite et la table basse avec le plateau du petit-déjeuner. Le bougre n'a peut-être pas tout à fait tort, pensai-je. Mais cela lui donne-t-il le droit de venir saccager un dimanche matin qui débutait sous les meilleurs auspices ? En fait, au-delà de la fatigue, bien légitime après une nuit d'insomnie, le « Cow-Boy », cela sautait aux yeux, crevait de jalousie. Même s'il n'y avait pas vraiment de quoi. Mais il ne fallait surtout pas le détromper ! Je n'avais pas à me justifier devant ce malotru envieux. J'hésitai : fallait-il en rire ou m'en offusquer ?

Mademoiselle Chapirac intervint fort à propos :

– Vous avez raison, mon cher Victor. Mille fois raison. Et notre ami, monsieur Lemmy, se fera un plaisir de nous accompagner. Car je suis invitée moi aussi, n'est-ce pas ?

Le sourire enjôleur, le ton jovial eurent raison de l'irascible.

– Tout le plaisir sera pour moi, minauda-t-il, miraculeusement calmé, en soulevant son feutre mou pour esquisser une révérence.

Le jour était pâle. Il hésitait entre l'automne et l'hiver. Un soleil bas et laiteux argentait le gris du ciel tandis que nous roulions sur l'autoroute A 35 en direction de Strasbourg. Gyrophare clignotant sur le toit, sirène hurlante, le Commissaire Meister, plus « Cow-Boy » que jamais, slalomait entre la triple file d'autocars et de voitures particulières qui, en ce deuxième dimanche de l'Avent, convergeaient vers la « Capitale de Noël ».

Très professionnels, les deux commissaires, faisaient le point sur la macabre découverte de la veille. Aucun indice n'avait été relevé aux abords du tas de branchages. Le parking de la place du Petit Broglie était interdit au public pendant la durée du marché de Noël. Mais une noria de camions et de camionnettes y déchargeaient quotidiennement, et surtout le matin, les marchandises nécessaires au réapprovisionnement des stands. Les agents de police, en faction devant l'Hôtel du Préfet durant ces dernières vingt-quatre heures, avaient été entendus longuement. Ils n'avaient rien remarqué d'anormal. Cependant, il était de plus en plus avéré que le meurtrier, en déposant le corps non loin du Christkindelsmärik, avait pris des risques insensés. Comme s'il avait voulu narguer quelqu'un. Mais qui ? Et pourquoi avait-il agi de façon aussi démonstrative ? Que voulait-il démontrer ?

– Vous aviez raison, dit Meister en s'adressant à sa collègue. Les premiers résultats de l'autopsie confirment ce que vous pensiez. La victime a bien été séquestrée :

traces caractéristiques sur les poignets et les cheville. Il a été torturé pendant plusieurs jours. Deux voire trois. Degré variable de cicatrisation des plaies sur le thorax et dénutrition avancée. Le légiste est encore au boulot et j'ai laissé deux inspecteurs sur les lieux. On ne sait jamais. Peut-être qu'à la lumière du jour ?...

Je sentais un certain malaise monter en moi. Je suggérai :

– Un tel acharnement sadique, ce ne peut être que l'œuvre d'un déséquilibré, d'un malade...

– Là-dessus, j'ai mon idée, se rengorgea Meister. C'est bien une histoire de malades. De types pas normaux, je l'ai toujours dit. Le tueur comme la victime.

– Parce que vous avez identifié la victime ?, s'exclama sa collègue. Et vous n'en disiez rien ! Ce n'est pas beau de faire des cachotteries à ses collaborateurs.

C'est alors que le « Cow-Boy », tout en conduisant avec une feinte négligence, une main sur le volant, l'autre sur le levier de vitesse, nous annonça, un sourire triomphant sur les lèvres :

– La victime s'appelle Robert Herrkommen. Il a vingt-neuf ans. Il demeure à Strasbourg-Robertsau, rue Mélanie, et c'est là que nous allons.

Il nous débita tout cela d'un air nonchalant, sans parvenir, malgré ses efforts, à cacher sa jubilation intérieure. Vaniteux comme un paon.

– Bravo, vous avez fait vite !, applaudit sa collègue, assise à ses côtés.

– J'espère que Monsieur Lemmy aura été moins rapide, cette nuit !, s'esclaffa le grossier personnage, ravi de sa plaisanterie de mauvais, très mauvais goût.

Mademoiselle Chapirac dont je n'apercevais que l'opulente chevelure rousse - elle n'avait pas eu le temps de refaire son chignon - resta imperturbable et c'est sur un ton strictement professionnel qu'elle demanda :

– Comment en êtes-vous arrivé à ce remarquable résultat en si peu de temps ? C'est du grand art ! Et qu'avez-vous appris d'autre ?

– En fait, répondit Meister, la disparition de Robert Herrkommen avait été signalée au bureau de police du commissariat central de la rue de la Nuée Bleue, il y a quarante-huit heures. L'un des fonctionnaires de police, de permanence cette nuit, s'en est souvenu. Le signalement correspondait, alors...

– Alors vous avez appelé sa femme pour reconnaître le cadavre et...

Je crus que le « Cow-Boy » allait s'étrangler. Il poussa un cri ressemblant au braiment d'un âne en rut. La voiture fit une telle embardée qu'il manqua de heurter la glissière centrale, avant de couper les deux files sur sa droite et de s'engouffrer sur la bretelle de sortie marquée « Wacken - Parc des expositions »... Il hoquetait, saisi d'une crise de fou rire qu'il ne maîtrisait plus :

– Ha, Ha !... c'est... Ha, ha,... c'est ça... sa... sa femme.. Ha, Ha, Ha !... et... et je vais... je vais vous la pré... vous la présenter... Ha, ha... Sa femme,... elle nous attend... à leur domicile... Haaaa... haaaaaa...

Mademoiselle Chapirac tourna la tête vers moi. Malgré l'épaisseur de ses hublots, je pus discerner un désarroi certain dans son regard de taupe. C'est cependant de la même voix égale qu'elle demanda :

– Et en quoi, cher collègue pouvons-nous vous aider ?

– Pas vous... haaaa... paaaas vous, chère collègue... (Meister cherchait à retrouver son souffle)... Pas vous, mais Monsieur Lemmy sûrement !

– Moi ? Qu'ai-je à voir dans cette affaire ? Je ne suis pas fl... policier, moi !

– Justement. Ne m'avez-vous pas appris qu'il fallait coopérer entre Police et Education Nationale ?

– Pour des questions concernant l'Ecole, c'est vrai, mais là... un père Noël assassiné, sans doute torturé, émasculé et retrouvé au centre ville...

– Sachez, Monsieur Lemmy, que ce père Noël d'occasion exerçait, dans le civil si je peux ainsi m'exprimer, et dans un passé récent, les fonctions de surveillant dans un collège de Strasbourg. Sachez encore que s... sa femme... travaille pour l'Education Nationale dans le cadre d'un emploi jeune... Comme nous allons l'interroger, perquisitionner à leur domicile, votre présence pourra nous être précieuse. En dehors de vous, il me paraît difficile de joindre quelqu'un de votre administration, un dimanche matin. Convenez-en.

– Comme il est difficile de trouver un policier, une fois la nuit tombée, au Neuhof, à Cronenbourg ou à l'Elsau !, répliquai-je du tac au tac, tant cet individu m'horripilait.

– Allons, allons, ne vous fâchez pas. D'ailleurs nous voilà arrivés.

Et le Commissaire Meister, dans un crissement de pneus, pila la voiture à hauteur du bureau de poste de la rue Boecklin. A moitié sur le trottoir, à moitié sur la chaussée, stationnaient déjà deux autres voitures à bandes tricolores et un fourgon de police de couleur bleue. Sans parler des inévitables curieux que tout événement inhabituel attire aussi sûrement qu'une bouse de vache attire les mouches à miel. Aussitôt descendu de voiture, le « Cow-Boy », tourna à droite, rue Mélanie. Il marchait d'un pas décidé suivi d'une cohorte de gars en civil et de policiers en tenue. Quelques maisons plus loin, tandis que deux gardiens de la paix prenaient position devant le portail de fer forgé, tout ce petit monde s'engouffra dans le jardinet d'une villa cossue à deux étages. Construite en brique et en pierre, elle présente un oriel d'angle à bulbe et de vastes baies vitrées au rez-de-chaussée. Au premier, les volets étaient uniformément clos sur de curieuses fenêtres à baies ovales.

Nous grimpâmes les cinq marches menant au perron. La sonnette du rez-de-chaussée affichait : « HERRKOMMEN Robert ». Celle du premier était au nom de « GELOFFENER Egon ». A l'aide d'un trousseau de clefs, un jeune homme svelte, noir de peau et les cheveux teints jaune paille, ouvrit la porte surmontée d'une verrière. « Drôle de dégaine pour un inspecteur de police », pensai-je. « C'est comme chez nous, dans l'Education Nationale. On a aussi des profs en débardeurs et jeans moulants ou des gigolettes en mini-jupe. De nos jours, ça n'étonne plus personne. Mais eux s'étonnent que leurs élèves leur manquent de respect. Ou leur mettent la main aux fesses ! »

Sur les pas du commissaire Meister, nous fûmes une dizaine de personnes à pénétrer dans la villa. En dehors d'une fliquette en uniforme et de Mademoiselle Chapirac, nulle autre représentante de la gente féminine.

– Je croyais qu'il devait nous présenter la femme de la victime ?, glissai-je à l'oreille de la rouquine.

Elle se contenta de hausser les épaules, subjuguée par le magnifique vestibule dans lequel nous venions de pénétrer. La pièce, agrémentée de panneaux de céramique sur lesquels dansaient des éphèbes nus, prenait le jour par un vitrail coloré, au décor ondoyant et végétal, que la faible clarté de ce jour d'hiver suffisait à faire vibrer d'une lumière presque irréelle.

– Superbe ! s'exclama Mademoiselle Chapirac.

– C'est du pur « Jugendstil* », crus-je nécessaire de pontifier.

Au vu des regards perplexes que me lancèrent les personnes présentes, je compris que, une nouvelle fois, j'aurais mieux fait de ne pas étaler ma science. Je me tus, confus. J'éprouvais toujours une certaine gêne lorsqu'il m'arrivait de m'introduire dans l'appartement d'une personne inconnue. C'était comme si je pénétrais son intimité. Lisa adorait ça. Au début de notre mariage, elle m'entraînait, deux ou trois fois par semaine, en compagnie d'un agent immobilier, visiter des appartements ou des maisons proposés à la location ou à la vente. De préférence chers et hors de prix pour nous qui n'avions pas un sou. Toujours des demeures habitées. Chaque intérieur avait son cachet propre. Le plaisir de Lisa était d'en humer l'atmosphère toute particulière, de réveiller les échos de vie laissés par leurs occupants. Ici, sans nul doute, son vice de fouine aurait été comblé.

---

* Jugendstil : Art Nouveau, style architectural de la fin du XIXe siècle.

Chapitre 8

L'homme nu a tout dit.

Tout ce que son tortionnaire a voulu savoir.

Et uniquement ça.

Il a tenté de supplier, de demander pardon, d'exprimer des regrets - forcément sincères étant donné les circonstances - mais à chaque fois, l'homme à la cape rouge l'a menacé de la pomme d'amour.

L'homme nu a tout dit. Et il sait que, maintenant, il va mourir.

La lame du poignard, en lentes circonvolutions concentriques, s'attarde autour de son sexe rabougri...

– Coupez !

L'ordre retentit sous la voûte de pierre et s'achève en un rire dément.

L'homme nu sent un frisson de terreur parcourir tout son corps des pieds à la tête... Il retient son souffle... Il est tétanisé d'épouvante... Ses membres raidis et froids réagissent à peine.

Avec la lame du poignard, aussi tranchante que celle d'un cutter, l'homme à la cape rouge fait une entaille profonde, de la largeur d'une paume, dans le bas ventre de l'homme inanimé. Il y pénètre sa main gantée jusqu'au poignet et, d'une brutale torsion, comme on arrache les viscères d'un gibier pour les jeter aux chiens, il extirpe...

Cela faisait un moment déjà que l'homme nu était mort...

Le bourreau contemple le cadavre. D'un geste théâtral, tel un toréador plantant une banderille, il fiche la pomme d'amour dans la bouche grande ouverte.

Zoom.

Clap de fin.

Eteignez les projecteurs.

Chapitre 9

Le Commissaire Meister, suivi du jeune black aux cheveux jaunes, d'un officier en tenue, de Mademoiselle Chapirac et de moi-même, pénétra dans une pièce vaste et lumineuse grâce à deux grandes baies vitrées donnant sur un jardin. Une banquette de cuir blanc, deux fauteuils et deux poufs de même cernaient une table basse en verre dépoli. Des coussins négligemment disséminés apportaient des touches de couleurs pastel dans cet ensemble dont l'harmonie se révélait au premier coup d'œil. Dans un coin, sur une table roulante de bois blanc, un téléviseur à écran plat surmontait une chaîne hi-fi avec lecteur de D.V.D.

– Mazette ! On a les moyens dans l'Education Nationale ! s'exclama le commissaire. C'est à vous, tout ça ?, questionna-t-il en se tournant vers le jeune noir.

– Tout est à Roby, répondit ce dernier d'une voix à peine perceptible. Moi, je n'ai pas grand' chose...

– O.K., on verra ça, grogna Meister.

Puis, une nuance de sarcasme dans la voix et se tournant vers nous, le « Cow-Boy » ajouta :

– Au fait, j'ai oublié de faire les présentations, Monsieur Persil, euh, Monsieur...

– Cerfeuil, Honoré Cerfeuil, rectifia le jeune homme à la voix douce et à la peau bronzée.

– C'est ça, Monsieur Cerfeuil est la..., enfin le... Comment dit-on ?

– L'ami, je suis l'ami, simplement l'ami de...

– O.K., ricana Meister. Et vous le connaissiez depuis longtemps ?

– Depuis trois mois, Monsieur le Commissaire. Lundi dernier, nous avons fêté les trois mois... et... mercredi, il disparaissait... Sa voix n'était plus qu'un mince filet brisé par l'émotion.

– Et dans quelles circonstances vous êtes-vous rencontrés ?

– A la salle de boxe, Monsieur le Commissaire.

– Parce que vous vous intéressez à la boxe ?, s'étonna Meister, moqueur.

– Je suis boxeur, souffla Honoré Cerfeuil. J'ai commencé la boxe à Saint-Denis de la Réunion où j'ai grandi. L'an dernier, en arrivant à Strasbourg pour mes études en fac, je me suis inscrit au Cercle Pugilistique de Strasbourg. C'est là que j'ai rencontré Roby, je veux dire Monsieur Herrkommen.

– Il boxait lui aussi ?

– Oh, non, protesta timidement Cerfeuil. Il venait parfois assister aux entraînements. Le 4 septembre dernier, après la douche, on a bu un verre. On a sympathisé... J'avais perdu ma chambre en Cité U, je ne savais pas où aller, alors Robert...

– Alors Robert a proposé de vous héberger. C'est ça ?...

Le boxeur réunionnais opina de la tête. Le Cow-Boy poursuivit, visiblement satisfait d'épater son auditoire et sa collègue, en particulier :

– ...et comme il n'y avait qu'un lit dans l'appartement, Robert est devenu Roby ! C'est ça ?

Cerfeuil ne répondit pas. Il se dandinait d'un talon sur l'autre comme un boxeur acculé dans les cordes et qui cherche à esquiver le coup fatal.

– C'est ça ?...C'est ça ?, insistait lourdement son tourmenteur. – Que je vous présente, railla-t-il, se tournant vers nous : – Monsieur Per... Monsieur Cerfeuil est l'ami, que dis-je, le petit ami de Monsieur Herrkommen Robert. Pour être tout à fait précis, je devrais dire qu'il « était » son petit ami, puisque Monsieur Herrkommen, quand vous l'avez trouvé, déguisé en Père Noël avait rendu l'âme dans des circonstances étranges car on lui avait coupé...

Le « Cow-Boy » ne termina pas sa phrase. Il avait atteint son objectif. Le jeune Cerfeuil avait poussé un petit cri de souris avant de vaciller sur ses jambes et de s'écrouler, inerte, sur la moquette couleur crème. Ce K.O. eut le don de réjouir notre mastard qui, hilare, donna l'ordre à deux gardiens de « transporter Madame sur le plumard, dans la chambre d'amour ».

Il se laissa tomber de tout son poids sur la banquette et, nous désignant les fauteuils, nous gratifia de ses dernières conclusions :

– Ben, oui, c'est des tapettes ! Persil - je préfère l'appeler Persil, because ses cheveux frisés - Persil était le giton de Roby, alias Robert Herrkommen, autrement dit le cadavre déguisé en Père Noël dont vous m'avez fait cadeau, hier soir. Pour moi, l'affaire est claire. Je m'en suis douté dès hier soir. Querelle d'amoureux. C'est courant dans ces milieux. Il n'y a que les pédés pour avoir des haines aussi vicieuses. Tu veux plus me donner ta zigounette ? J'te la coupe.

– C'est pourtant Monsieur Cerfeuil qui a signalé la disparition de Monsieur Herrkommen !, argumentai-je.

– Classique ! rigola Meister. On vient signaler la disparition, la gueule enfarinée, pour donner le change. La preuve, vous êtes tombé dans le panneau. Mais à nous, on ne la fait pas, n'est-ce pas mes chers collègues ?

Le galonné eut un sourire suffisant. Mademoiselle Chapirac ne réagit pas. Moi, si :

– Dans ce cas, qu'est-ce que je fais ici, stupide ignorant au milieu d'aussi fins limiers ?

– Mais il serait susceptible, notre Conseiller d'Or... d'Education ?, ironisa-t-il.

Je fis mine de m'extraire du fauteuil moelleux.

– Ne bougez pas, ordonna-t-il. Restez. Ne prenez pas la mouche, que diable. Je vais vous expliquer ce que j'attends de vous.

Mademoiselle Chapirac tourna son visage vers moi. Me fit-elle réellement un clin d'oeil complice ? Je ne saurais l'affirmer. Sur le coup, je me ravisai et fis signe au « Cow-Boy » de poursuivre.

– Si Persil a trucidé Roby, ce n'est certainement pas dans cet appartement. Sinon, il ne nous aurait pas amenés aussi facilement jusqu'ici. Je n'espère donc pas trouver d'indices directs du crime ni de la torture qui a précédé. Des lettres compromettantes ? Il aura eu largement le temps de les faire disparaître. Des indices nous menant sur une autre piste ? Pas totalement exclu, certes, mais comme je vous l'ai dit, je suis intimement persuadé que c'est un crime de tapette jalouse. Il suffira d'un interrogatoire un peu musclé et le mignon va s'allonger. C'est fragile ces petites lavettes !

– Le galonné eut un petit ricanement de complaisance envers son chef. Mademoiselle Chapirac, imperturbable, ne contredit pas son collègue. Je ne pus m'empêcher d'insister :

– Dans ce cas, puisque l'enquête est terminée, rentrons chez nous !

– Il reste un mystère que vous pouvez nous aider à élucider. Je vais vous laisser avec le chérubin. Faites-le parler, laissez-le se raconter et, bordel de merde, essayez de m'expliquer comment deux petites pédales ont fait pour crécher dans cette bonbonnière de luxe et comment ils ont fait pour se payer une téloche à 25 000 balles, une chaîne dernier cri et tout ce bazar AVEC UN TRAITEMENT DE L'EDUCATION NATIONALE ? Moi, une question comme ça, je pourrais jamais lui poser sans me foutre en pétard. Merde. Déjà qu'ils en fichent pas lourd, qu'ils sont toujours en vacances, mais si en plus, ils ramassent du blé à la... NON, ne vous sauvez pas !...Vous savez bien que je plaisante... Allez, Monsieur Lemmy, rendez-nous ce service...

Il avait dit « rendez-nous » et pas « rendez-moi ce service » et Mademoiselle Chapirac avait posé délicatement sa main sur la mienne... J'acceptai donc. Qu'est-ce qu'on peut être lâche, parfois. Et tout ça pour les beaux yeux d'une... en fait, les yeux je ne les avais jamais vus derrière ses verres de trois centimètres d'épaisseur... mais c'est façon de parler. Car, Mademoiselle Chapirac, elle en avait des trucs qu'étaient beaux ! Et qui souvent allaient par paire ! Comme les yeux.

Je me rendis donc au chevet de Cerfeuil. La chambre était plongée dans la pénombre. La fenêtre ornée d'un voilage léger à motifs floraux se reflétait dans la glace biseautée sur le mur opposé. Je fis signe aux deux sbires en uniforme de nous laisser seuls. Je m'assis dans une chaise de plastique moulée (du Philippe Starck, me fis-je la réflexion) faisant face au grand lit surmonté d'un dais de dentelle. Cerfeuil avait repris connaissance. Allongé à même le dessus de lit satiné bleu pâle, le front sur son bras gauche replié, il sanglotait doucement.

Un long moment, je respectai son chagrin. Etait-il sincère ? Etait-il feint ? Je penchais vers la première hypothèse, mais, comme le disait Meister, je n'étais qu'un gros naïf. Soit, mais je préférais être naïf plutôt que grossier. Après tout, je n'étais pas flic. C'est ce que j'essayai enfin d'expliquer au boxeur...

– Je sais, murmura-t-il en se redressant sur un coude. Je sais qui vous êtes. Je vous connais, Monsieur Lemmy.

Pour le coup, c'est moi qui restai coi. Il s'assit sur le lit. Je vis que ses yeux étaient rougis. Il renifla un grand coup avant de poursuivre :

– C'est vous, au Lycée Le Corbusier, qui nous avez fait le topo sur les classes relais et les élèves en grande difficulté scolaire. Je faisais partie des candidats emplois-jeunes pour un poste d'aide éducateur. Vous vous souvenez ?

Je me souvenais, bien sûr, d'avoir fait cette intervention, mi septembre. Ils étaient près de quarante garçons et filles, pour trois ou quatre postes dans le département. Je ne pouvais, individuellement, me rappeler de chacun d'eux.

Honoré Cerfeuil esquissa un pâle sourire :

– Vous nous aviez parlé de ces élèves avec tant de chaleur, vous nous aviez présenté la pédagogie de ces classes avec tant de conviction que...

– Que ?...

– Eh bien, je travaille depuis un mois comme aide-éducateur à la classe relais de Schiltigheim. J'ai été embauché, je crois, parce que j'étais boxeur, que j'avais une expérience de videur de boîte de nuit et que je savais garder mon calme face à des jeunes provocateurs. C'est aussi un peu grâce à Roby. Il connaissait des gens à l'Education Nationale puisqu'il avait été lui-même surveillant...

En évoquant son ami, sa voix, une nouvelle fois, fut brisée par une montée de larmes. Je questionnai néanmoins :

– Où a exercé votre ami ? Dans quel établissement a-t-il était surveillant ?

– Pour son dernier poste, il était au collège Saint Bernard, un collège privé où il s'occupait des nouvelles technologies, d'informatique, du réseau internet... Il a démissionné fin septembre.

– Pourquoi ?

– Je l'ignore. Il ne me l'a pas dit. Il faut me croire.

– Et de quoi vivait-il ? A-t-il fait un soudain héritage ?

– Je n'en sais rien. Nous ne parlions jamais de fric. Ni de ses activités. Il faut me croire, insista-t-il.

Il ne suppliait pas. Il parlait d'une voix douce. Il était presque convaincant. Attention, me disais-je, ce type a dit lui-même qu'il savait se contrôler et garder son calme. Il est habile. Il a cherché à gagner ma sympathie en usant de la flatterie envers moi... Restons méfiant ou du moins lucide.

La suite de notre entretien (il s'agissait bien d'un entretien et non d'un interrogatoire) ne parvint pas davantage à me convaincre de sa culpabilité. Soit j'étais un indécrottable naïf et ce type un excellent comédien, soit il était innocent malgré les certitudes du Commissaire Meister. Je n'appris d'ailleurs pas grand'chose de plus, ni sur lui ni sur Robert Herrkommen. Les deux filaient le parfait amour et à en croire Honoré, il ignorait tout de la vie antérieure de son ami - Oui, Roby recevait de fréquents appels téléphoniques sur son portable - Oui, Roby a eu d'autres aventures avant moi - Oui, il est possible qu'un ancien ami cherche à le contacter - Non, je ne sais pas d'où Roby tirait ses revenus, confortables et toujours en liquide - Non, je ne sais rien de ses activités - Non, il ne sortait pas souvent le soir - Non, à ma connaissance Roby n'avait plus de famille - Non, il ne connaît pas personnellement Monsieur Geloffener Egon qui, depuis septembre, n'a jamais occupé l'appartement du premier étage - Oui, il croit savoir qu'il s'agit du propriétaire et qu'il habite en Allemagne...

– Exact, rugit d'une voix éraillée le Commissaire Meister qui venait de pénétrer dans la chambre comme un cyclone s'abat sur l'Ile de la Réunion. On a trouvé des quittances de loyer - 6 000 balles par mois ! Versées à cet Egon Geloffener, habitant Berlin. Tout paraît en règle. On a des factures pour tout : mobilier, équipement ménager, bagnole... Mais pas de fiches de paye sauf celles de pion au collège Saint Bernard, à peine 5 000 par mois. Trouvez pas ça bizarre ? Vous avez une explication, vous ?

Je dus reconnaître que non, ce qui m'attira un sourire narquois de la part du poulet.

– Ne vous en faites pas, je saurai le rendre bavard. Pour commencer, c'est quoi ça ? Et Meister brandit sous le nez de Cerfeuil deux billets Air France dans leurs pochettes barrées de tricolore.

Cerfeuil le regardait, les bras ballants, atterré comme le serait un boxeur poids plume à qui on demanderait d'affronter Mike Tyson. Il se contenta de secouer la tête de droite à gauche et de répéter :

– Je ne sais pas... je ne sais pas...

– Deux billets pour la Californie, vol Strasbourg / Los Angeles. Dans le tiroir du bureau de Herrkommen. Départ prévu le 21 décembre prochain, retour le 3 janvier. Deux billets non nominatifs. Ils étaient pour qui ?

– Je ne sais pas... Je n'en sais rien... je n'ai jamais vu ces billets...je n'étais pas au courant d'un voyage...

– Ah, oui. Tu ne les as jamais vus ? Mais dans ce cas, mon gaillard, tout s'explique. Nous tenons le motif : Ton ami Roby projetait un beau voyage. A deux. Mais pas avec toi, puisque tu n'es pas au courant. Il partait avec un autre. Il y a trois ou quatre jours, soit il t'en informe, soit tu découvres ton infortune par hasard. Tu ne peux le supporter et tu le zigouilles après l'avoir torturé et amputé de son membre viril.

– Non... Non...

Cerfeuil gémissait en cachant son visage dans ses mains qui tremblaient mais Meister, insistait :

– Jalousie d'homo. Je le savais. Un truc de gars pas normaux. Et ensuite tu te pointes au commissariat pour signaler sa disparition. Tu nous prends pour des cons ?

Le « Cow-Boy » hurlait, menaçant, les yeux injectés de rage. Cerfeuil s'était laissé retomber sur le lit. Il était à bout. Je ne sais ce qui me prit, mais je m'interposai entre lui et le « Cow-Boy » déchaîné.

Il me considéra longuement et sembla surpris. Je me demandai quelle tête je faisais, moi. Et aussi où avait bien pu passer Mademoiselle Chapirac. Dans la chambre aux tons pastel, on aurait entendu une mouche voler.

Meister retrouva un semblant de calme. Il enfouit les billets d'avion dans la poche de son blouson et en sortit une photo, format 13 x 19, dans son cadre. Il la présenta à Cerfeuil : C'est toi, là ?

– Oui, c'est moi, avoua ce dernier en baissant les yeux sur le portrait en pieds qui le montrait de trois quarts en tenue d'Adam, bel athlète longiligne aux muscles déliés, au torse puissant.

– Et l'autre, c'est qui ?

– Roby, murmura-t-il d'une toute petite voix.

Meister me tendit la photo. Je la pris et l'approchai de la fenêtre pour mieux l'examiner. Je ne pus m'empêcher de sursauter. Meister, heureusement, avait les yeux fixés sur le boxeur. Le deuxième type sur la photo, j'en étais sûr, je le connaissais. Je l'avais déjà rencontré autrement que mort, vêtu d'une houppelande, émasculé et la tête sous un masque de père Noël ! Impossible, pourtant de me rappeler en quelles circonstances. Ni quand. Si je voulais que Meister me lâche les baskets, je n'avais aucun intérêt à lui faire part de ma découverte. De toutes façons, même si je lui en parlais, cela ne ferait pas avancer le schmilblick alors autant la boucler en attendant d'avoir rassemblé mes souvenirs.

– Et ceux-là, c'est qui ? Meister présentait une deuxième photo à Cerfeuil.

– Roby.., de face c'est Roby... mais l'homme de dos, je ne le connais pas.

Honoré Cerfeuil se frottait les yeux rougis. On voyait qu'il se concentrait. Il finit cependant par tendre la photo à Meister en répétant :

– L'autre, je ne sais pas qui c'est. Ce n'est pas moi.

– Bravo, persifla Meister. Je m'en serais douté. A moins d'un lavage aux super enzimes, je ne vois pas comment tu aurais pu blanchir ta couenne de nè...

Mademoiselle Chapirac, en se mouchant bruyamment, empêcha le dérapage verbal. Elle venait de pénétrer dans la chambre. Elle tendit la main pour prendre la photo et l'examina en ajustant ses lunettes sur sa péninsule nasale. Je lorgnai par-dessus son épaule. L'homme que Robert Herrkommen tenait tendrement enlacé, était en maillot de bain. De race blanche, ses cheveux mi-longs, très clairs, tombaient sur des épaules étroites aux omoplates saillantes.

– Cela pourrait correspondre à la description, hasarda-t-elle.

– Quelle description ? demanda Meister, nerveux.

– Celle que vient de me faire une voisine, une vieille femme que j'ai interrogée pendant que vous fouilliez la maison. Elle habite juste en face et passe sa vie collée à sa fenêtre. Elle affirme que jusqu'à l'été, Monsieur Herrkommen, je cite « un jeune homme charmant et très poli », recevait régulièrement la visite d'un Allemand, la quarantaine, petit, mince, blond, les cheveux mi-longs. Le signalement correspond.

– Comment sait-elle qu'il s'agit d'un Allemand ?

– Il circulait dans une voiture Mercedes immatriculée en Allemagne. Elle l'a vu, pour la dernière fois il y a environ deux semaines. Il était en grande discussion avec Monsieur Robert Herrkommen, sur le trottoir. Elle pense qu'ils se disputaient. Elle n'a rien entendu car sa fenêtre était fermée en raison de la température extérieure. Ils gesticulaient beaucoup, tous les deux, a-t-elle déclaré. Quand le « Schwob » est monté dans sa voiture, il a claqué la portière si fort que mon chat s'est réveillé. Et puis il a démarré sur les chapeaux de roues.

– Vous avez pris sa déposition ?

– J'ai envoyé votre adjoint. Moi, je vous le rappelle, je suis ici pour visiter la capitale de Noël en compagnie de Monsieur Lemmy, lui répondit-elle en me gratifiant d'un sourire ravageur.

– C'est vrai, vous avez raison. Où avais-je la tête ? D'ailleurs, je crois que nous n'en tirerons pas plus aujourd'hui. Ni de l'appartement, ni du... du... du témoin. Je le place en garde à vue et pour me faire pardonner, je vous invite à casser une petite graine. O.K. ?

Il n'attendait évidemment aucune réponse. Le mastard m'impressionnait tellement que je ne trouvai rien à redire et déjà, prenant familièrement sa collègue par la taille, il s'apprêtait à quitter les lieux.

Comme un collégien de l'ancien temps, je levai un doigt timide pour réclamer la parole :

– Me serait-il possible de jeter un œil dans les autres pièces de l'appartement ?

Ma demande surprit les deux commissaires et le Cow-Boy en profita pour lancer une nouvelle vanne :

– La bonbonnière vous plaît à ce point ? Je parie que vous aimeriez la louer maintenant que le locataire est trucidé. N'oubliez surtout pas de vous renseigner pour savoir si Persil est compris dans la location ! Le mignon me semble à votre goût !

Il tonitrua dans un éclat de rire féroce qu'il ponctua d'une tape amicale sur le postérieur de Mademoiselle Chapirac. Entre collègues, n'est-ce pas ?

Je me demandai de façon fugitive pourquoi j'avais formulé cette requête. Du temps de Lisa, je détestais plutôt ce genre d'effraction chez des inconnus. Mais en même temps, au fil des visites, j'avais acquis une certaine expérience et affiné mon sens de l'observation. Leur domicile révèle les gens mieux que leur façon de s'habiller ou de s'exprimer. La première impression est souvent décisive. Et là, je voulais en avoir le cœur net.

Chapitre 10

Lorsque le téléphone portable du Commissaire Meister retentit dans la winstub, il provoqua la colère du patron qui, de l'autre bout de la salle, l'apostropha, furibond :

– Hé, Victor, tu vas pas nous emmerder longtemps avec ton joujou ? Ici, les gens viennent pour manger, tranquilles, pas pour qu'on leur casse les oreilles !

Le Commissaire Meister, haussa les épaules, implorant son pardon. Il semblait tout penaud. A croire qu'avec le patron du « Saint Sépulcre », il avait trouvé son maître « es grande gueule ». Nous avions eu l'occasion, tout en dégustant une excellente salade mixte, d'apprécier la verve bourrue du maître des lieux. Le client filait droit. Gare à celui qui faisait mine de protester, il s'attirait aussitôt les foudres ou les railleries lancées à haute voix à travers la salle basse, meublée à l'ancienne de tables de bois, d'un vieux poêle et de rideaux à carreaux rouges et blancs.

Situé à quelques pas de la cathédrale, le « Saint Sépulcre » faisait salle comble malgré - ou peut-être grâce à - l'accueil si particulier de son patron. Au flot intarissable des touristes s'ajoutaient les habitués, nostalgiques des winstub* de tradition, celles ou le bourgeois se mêle à l'ouvrier et le retraité à l'étudiant. Le « Cow-Boy » faisait partie des habitués.

– T'as de la veine que ce soit toi, Victor, et que tu sois en si charmante compagnie !, avait grommelé le tenancier à notre arrivée.

Il nous avait guidés tous trois vers une table ronde marquée « stammtisch** » et, d'autorité, nous avait servi une chopine de Gewurztraminer.

– Rien de tel pour vous faire patienter ! avait-il bougonné. Et ne me dis pas que vous êtes pressés, sinon t'as qu'à emmener tes amis les empoisonner au fast-food !

Meister n'avait pas moufté. Nous avions siroté le Gewurz, frais et fruité à souhait. Puis une chopine de Pinot blanc gouleyant pour accompagner la salade mixte, cervelas, gruyère, oignons finement émincés. Cela aide à y voir clair.

Primo : Herrkommen Robert, 29 ans, a disparu de son domicile depuis mercredi. Il est retrouvé, samedi après-midi, (par nous), place du Petit Broglie, assassiné, mutilé, nu, sous une houppelande rouge, une pomme d'amour enfoncée dans la bouche. D'après les premières constatations du médecin légiste, sa mort se situe entre vendredi soir et samedi matin. Son cadavre présente des coupures et autres plaies, antérieures à son décès et à son émasculation. Entre le moment de sa disparition et le moment de sa mort, il a été séquestré dans un endroit inconnu et féro-

* Petit restaurant-débit de vin, typique de l'Alsace.

** Table réservée aux habitués.

cement torturé. Soit par vengeance, soit pour lui extorquer des renseignements. Soit les deux. Nous étions convaincus qu'il ne pouvait s'agir du crime fortuit d'un dément et d'une victime choisie au hasard. Sinon, pourquoi le meurtrier aurait-il pris le risque de transporter le cadavre sur une place très fréquentée ?

Secundo : Herrkommen Robert a exercé les fonctions de surveillant d'externat dans le collège privé Saint Bernard jusqu'en juin. Depuis cette date, on ignore la nature de ses activités. Son train de vie, voiture, appartement, équipement audio-visuel suppose des revenus importants. Hypothèse : il exerçait une activité très lucrative, éventuellement illicite et ce depuis plusieurs années. A vérifier : Qui est exactement Egon Geloffener, résidant à Berlin et propriétaire de la maison de la Robertsau ?

Tertio : Herrkommen Robert, homosexuel, partageait son appartement avec Cerfeuil Honoré, 20 ans, né à la Réunion, aide-éducateur à Schiltigheim depuis deux mois et boxeur amateur pendant ses loisirs. Ce dernier a signalé la disparition de son ami. Il prétend tout ignorer de ses activités et de son passé. Hypothèse : il a pu tuer son ami dans une crise de jalousie.

Quarto : Herrkommen fréquentait un quadragénaire petit et blond, conduisant une voiture Mercedes immatriculée en Allemagne avec lequel il se serait disputé récemment. Qui est cet homme ? Pourquoi cette dispute ? Hypothèse : il pourrait s'agir d'un ancien amant éconduit.

– Vous voyez bien, dans tous les cas, c'est un crime de pédés. La connotation sexuelle est évidente. Il n'y a que les tantes pour se livrer à des sévices pareils ! C'est tous des vicelards, ces mecs !

Meister triomphait. Il était sur le point d'attaquer la tranche de presskopf accompagnée de pommes de terre rôties, lorsque le téléphone portable, glissé dans la ceinture de son jean, se mit à sonner lui attirant la réprobation du patron et les regards courroucés des tables voisines.

– Oui... oui... oui... oui...

A mesure que le Cow-Boy enregistrait les informations, je le voyais se tasser sur sa chaise. Son teint vira du rose pâle à l'écarlate en passant par le vermillon et le cramoisi, pour finir sur un blanc proche du livide. J'étais en train de me dire que ces nuances correspondaient aux couleurs du presskopf qui garnissait son assiette, quand Meister coupa son téléphone pour nous annoncer, sinistre et accablé :

– Il y a du nouveau. C'est la merde. Je vais être obligé de vous quitter.

Il fit mine de se lever mais Mademoiselle Chapirac, en le prenant par le bras, l'obligea à se rasseoir, le temps qu'elle finisse d'avaler une bouchée du wädele *, salade de pommes de terre. Puis, sur un ton qui ne supportait aucune contradiction, elle lui demanda fermement de nous faire partager les informations qu'il venait de recevoir :

– Vous n'allez pas vous dérober, Victor. C'est vous qui nous avez entraînés dans cette enquête. Moi, je voulais visiter Strasbourg avec Monsieur Lemmy. Notre dimanche est foutu. Nous avons le droit de savoir...

Le « Cow-Boy » poussa un soupir. Il se prit les oreilles entre les paumes de ses mains et se mit à les frotter avec violence comme s'il cherchait à extirper de sa

---

* Jarret de porc.

caboche les nouvelles que l'on venait de lui communiquer depuis le commissariat central. Puis, se penchant vers nous, à voix basse, avec un air de conspirateur, il se confia.

Ce ne fut pas long. Ce fut suffisant pour me dégoûter un bon moment de la choucroute garnie. Je recouvris mon assiette avec ma serviette à carreaux pour la dissimuler à ma vue. Sinon, je crois bien que j'aurais vomi tripes et boyaux et je ne crois pas que le patron aurait apprécié. Ce fut suffisant pour que Mademoiselle Chapirac essuie une larme. La sauce forte au raifort qui accompagnait son wädele n'y était pour rien.

La première information constituait un coupe-faim radical : le légiste, après avoir examiné soigneusement les plaies du cadavre, avait trouvé des traces de saumure et de minuscules filaments de choucroute collés sur la peau. Robert Herkommen avait été torturé d'une manière aussi raffinée que singulière.

La seconde révélation était tout aussi horrible et surprenante : ce matin, aux aurores, on avait découvert, devant le 16 rue Brûlée, un colis suspect. Les artificiers appelés sur place l'avaient ouvert. Il contenait un sachet de bonbons. De ces bonbons en sucre soufflé, en forme de petits Jésus. Et au milieu des bonbons, un testicule. Le légiste confirme qu'il a appartenu à Herrkommen.

Après un moment de silence aussi épais que la tranche de jambon en croûte que le patron découpait consciencieusement devant son comptoir, je demandai :

– Le 16, rue Brûlée, c'est l'Hôtel de Ville ?

– Non, répondit Meister dans un souffle. C'est le Palais Episcopal !

Sur ce, il nous quitta. Epuisé. Fatigué. Voûté de lassitude.

Mademoiselle Chapirac, la première, reprit ses esprits :

– En tous les cas, cela innocente Honoré Cerfeuil. Il a passé la nuit au commissariat, il ne pouvait donc déposer les bonbons... à moins qu'il n'ait un complice...

Nous devions avoir la mine si défaite que le patron ne nous demanda pas pourquoi nous avions à peine touché à nos assiettes. Je lui commandai deux cafés et deux marcs de Gewurz bien tassés. Il nous fallait bien ça.

Après cela, nous avons bien essayé de reprendre notre visite de la « capitale de Noël ». Le cœur n'y était plus. Devant la façade de « Chez Yvonne », joliment décorée de nounours blancs, Mademoiselle Chapirac n'a pas semblé m'écouter lorsque je lui appris que c'était la winstub préférée de son « pays », le Président Chirac. Je l'ai entendue qui murmurait :

– Le Palais Episcopal ! Quelle drôle d'idée !

Sur la Place Kléber, ni le sapin de trente mètres rutilant de bleu et d'or aux couleurs de l'Europe, ni la toile peinte du Palais des Doges de Venise cachant la façade la Maison Rouge n'ont captivé son attention. Mademoiselle Chapirac était perplexe :

– Et cette mise en scène macabre ! La pomme d'amour, les p'tits jésus !

Nous avons cheminé en silence tout au long de la Grand-Rue bordée de sapins. Les milliers de guirlandes scintillantes du plafond lumineux n'ont apporté aucun éclaircissement aux questions qui obnubilaient nos esprits :

– Et pourquoi cette torture... à la choucroute ?

Nous nous sommes attardés un peu sur la Place de la Gare. Au marché aux bredle*, Mademoiselle Chapirac a fait l'emplette de quelques paquets de petits gâteaux traditionnels « pour mes collègues », des anisbredle, spritzbredle, butterbredle ou springerle. Elle évita les bonbons « p'tits jésus ». La grande roue montée sur la place ne l'attira pas plus que la patinoire de plein-air. Je tentai en vain de faire étalage de mon érudition en lui décrivant les nombreux bas-reliefs et caissons allégoriques qui ornent la façade du bâtiment de la Gare Centrale édifiée par les Allemands en 1878...

– Les Allemands... il y a des ressortissants allemands dans cette histoire !... C'est mon domaine, ça... Je travaille à Interpol, me précise-t-elle, retrouvant soudain une énergie nouvelle. C'est bien le diable, si on ne me confie pas cette enquête !

De la poche de sa veste, elle tira un carnet à spirale. Elle griffonna quelques lignes. Puis elle arracha la page et, après l'avoir pliée en quatre, me la tendit :

– Merci de remettre ce mot à tonton.

Le train pour Paris était à quai. Je l'accompagnai jusqu'à la porte du wagon. Je lui tendis la main pour la saluer. Elle m'attira à elle et ses lèvres-ventouses happèrent les miennes à m'en faire perdre le souffle

– A trrrès bientôt ! me lança-t-elle en disparaissant à l'intérieur du wagon.

– Quel tempérament ! pensai-je.

---

* Petits gâteaux préparés pour les fêtes de Noël.

Chapitre 11

Mon sommeil fut agité. A plusieurs reprises, je me réveillai, tenaillé par cette question récurrente : « Où, quand et en quelles circonstances avais-je croisé Robert Herrkommen ? » Son visage aperçu sur la photo était de plus en plus net dans mon souvenir. Les rouflaquettes brunes soulignant un port de tête altier, la fine moustache ourlant des lèvres charnues déchirées par un sourire sarcastique, ne laissaient aucun doute. Ce type-là, je l'avais déjà rencontré. Mais où ? Quand ? Je me creusais les méninges en vain.

Quand sonna le réveil, je me sentis aussi vanné que la veille. Un coup d'œil par la fenêtre ne fit qu'accroître mon désespoir. Sur le ciel sombre et opaque, sur les façades grises et fanées, tourbillonnaient, aux caprices du vent, de maigres flocons blancs. La neige ! Il ne manquait plus qu'elle ! Vous qui ne connaissez que les cimes immaculées de nos montagnes, les pistes damées des stations de sports d'hiver, les chalets enfouis dans la poudreuse, vous ne pouvez pas comprendre. Vous qui ne vous souvenez que des folles glissades ou des batailles de boules de neige de votre enfance, vous ne pouvez pas mesurer l'angoisse qui naît au cœur des pions ou des conseillers d'éducation dès qu'une mince pellicule blanche recouvre les cours de récréation.

Passe encore que les petits de l'école du Lixenbuhl, en face, poussent des hurlements stridents, mais que dire de nos grands dadais de lycéens ? La première neige est un phénomène météorologique propre à les exciter au point de transformer un établissement scolaire en asile psychiatrique. Il faut les voir débarquer du tram comme une horde sauvage, se bousculer, se chamailler, racler sur les murets, sur les bancs, sur le sol le peu de neige humide, la presser dans le creux de la main pour en faire des boules, dures comme la glace, armées de gravillons et se fusiller à bout portant, se précipiter sur les rares filles pour leur faire manger la neige mêlée de boue...

Les surveillants postés près de la grille d'entrée avaient beau s'époumoner pour tenter de séparer des belligérants qui, faute de neige fraîche, étaient sur le point d'en venir aux mains. Vivement la sonnerie. Ils montèrent en classe, bruyants, surexcités, rigolards. D'avance, je plaignais les profs. Le théorème de Pythagore aura du mal à passer. Je plaignais l'infirmière. Il y aura forcément quelques bosses et plus d'un oeil tuméfié. Et je me plaignais, moi. Faudra être sur le pont toute la journée et à toutes les interclasses.

J'aperçus le Proviseur. Depuis le bâtiment administratif, il faisait de grands gestes pour m'appeler.

– Monsieur Lemmy, je tiens à vous exprimer toute ma reconnaissance. Mademoiselle Chapirac m'a laissé un mot pour me dire qu'elle avait passé un excellent week-end à Strasbourg. Grâce à vous, a-t-elle précisé. Ce dont je ne doutais guère...

En ajoutant cette remarque, il arborait un sourire gourmand si plein de sous-entendus que je me sentis rougir. Il n'y avait vraiment pas de quoi ! Aussi préférai-je aiguiller la conversation sur une autre voie :

– Vous a-t-elle fait part de la macabre découverte que nous avons faite ?

– Macabre découverte, dites-vous ? Elle signale simplement un contretemps. Mais racontez-moi, racontez-moi... Et, me prenant par le bras, il m'entraîna vers son bureau et les deux fauteuils en tête à tête.

Je lui narrai toute l'histoire. Il m'écouta sans m'interrompre, captivé par mon récit comme un gamin à qui on raconte l'histoire de l'Ogre et du Petit Poucet. C'est tout juste s'il ne battait pas des mains pour m'encourager. Lorsque j'eus terminé, il bondit de son fauteuil :

– Passionnant ! C'est passionnant ! Fernande a dû se régaler ! Je ne vous avais pas dit qu'elle était de la ?... J'ai lu, ce matin, l'article des Dernières Nouvelles d'..., mais je ne pouvais m'imaginer que c'est vous qui aviez découvert... C'est Monsieur le Procureur qui va être... Vous ai-je dit que nous avons passé le week-... ? ...Des gens charmants qui... Je vais, de ce pas, lui téléphoner pour le remer... et je lui dirai que... Peut être en saura-t-il... ?

Monsieur le Proviseur était tellement exalté qu'il n'en terminait pas ses phrases. Ainsi échappai-je au récit détaillé de son week-end dans la résidence secondaire de Monsieur le Procureur et Madame... Je le laissai à son téléphone et gagnai mon bureau. J'avais moi aussi un coup de téléphone urgent à donner.

Comme c'est souvent le cas dans mon métier, ce n'est pas moi qui décide des urgences ou des priorités. En arrivant dans mon bureau, un surveillant m'y attendait déjà. Avec un élève renvoyé du cours. Par Monsieur Sprautel, évidemment. - Pour insolence. « C'est pas vrai, M'sieur, j'ai juste dit... » - « et il a pas le droit de parler de ma mère »... « J'ai rien fait, M'sieur... »... « C'est toujours les mêmes qui... »

C'est bien vrai, ça « c'est toujours les mêmes qui... », l'élève avait raison mais je ne pouvais pas le lui dire. Ce sont presque toujours les mêmes profs, les Sprautel et quelques collègues de son acabit qui renvoient les élèves « pour insolence » : « Je vous l'envoie, je ne veux plus de lui dans mon cours »... « Ce voyou perturbe sans arrêt »... « Ce n'est pas à moi de régler les affaires de discipline... »... « C'est un petit crétin !... »... « Il s'est montré insolent et m'a tutoyé !... J'exige une sanction ! »

Toujours la même litanie. Aujourd'hui, je n'avais nulle envie de les écouter. Ni les accusations de M. Sprautel. Toujours les mêmes. Ni les dénégations de l'accusé. Toujours les mêmes. Vu la météo, il y en aura d'autres d'ici ce soir. J'envoyai l'élève en permanence. Je griffonnai un billet à l'intention du prof... Et le téléphone sonna.

Mademoiselle Geissler, surnommée Bê-Bê, la bique, infirmière de son état, se plaignait en termes véhéments du défilé incessant et « inadmissible » d'élèves blessés par projections de boules de neige. « Mais que font VOS surveillants ? »

Herrkommen Robert, lui aussi, était surveillant. Etait-ce dans le cadre de ses fonctions que je l'avais croisé ? La question me taraudait l'esprit. Mais le téléphone résonna.

C'était un parent d'élève furieux. Non seulement on avait supprimé la bourse scolaire parce que son chenapan de fils avait séché les cours pendant deux mois, mais maintenant qu'il fréquentait à nouveau régulièrement, depuis huit jours, il n'avait toujours pas perçu la bourse. « Mais que font VOS secrétaires ? »

Le mot « bourse », évoqua illico d'autres « bourses », retrouvées devant l'évêché. Et pourquoi là ? Robert Herrkommen était surveillant dans un collège privé catholique. Quel rapport ? Et où l'aurais-je rencontré ? Je devais en avoir le cœur net. Mais le téléphone carillonna.

C'était un autre parent. Tout aussi furibond. « Mais que font VOS services au Rectorat pour trouver ENFIN un remplaçant au professeur de maths TOUJOURS malade ? »

Mais quand pourrai-je ENFIN donner MON coup de téléphone ? Si on me dérange TOUJOURS, je n'aurai jamais de réponse à ma question. J'eus à peine le temps de raccrocher. Le bigophone recarillonna.

– Il ne peut s'agir que de l'un de VOS stagiaires !

Le patron de cette entreprise de peinture était formel. A moi de découvrir, depuis mon bureau, l'auteur du vol commis sur un chantier à 50 kilomètres de là.

A midi, à la cantine, le cuistot eut la lumineuse idée de servir des BOULETTES de viande et des PETITS SUISSES. Histoire de renouveler la variété des projectiles possibles.

Mademoiselle Geissler était outrée. Elle me le fit savoir, dès la récréation terminée. Elle glapissait si fort au bout du fil que mes tympans en tremblent encore. Puis ce fut la procession ininterrompue des élèves exclus. La litanie des plaintes, des jérémiades, des accusations, des dénégations, des menaces, des rebellions, des promesses, des refus... Je l'avais su. Dès le matin. Dès les premiers flocons... Je fus tout heureux, si je peux m'exprimer ainsi, de trouver quelques instants pour appeler, enfin, Madame Fritscher, au Rectorat, division des ressources humaines, bureau des Surveillants.

– Vous souhaitez consulter le dossier administratif de Robert Herrkommen ? Je suis désolée, mais c'est impossible. Deux inspecteurs de Police l'ont emporté, ce matin. Mais qu'est-il arrivé ? Est-ce grave ? Les flics n'ont rien voulu nous dire.

Je me contentai, sinistre et laconique de répondre :

– Assassinat.

A l'autre bout du fil, madame Fritscher manqua de s'étrangler : Oh !... mais très vite sa curiosité l'emporta sur son émotion. Elle voulut en savoir davantage. Je lui narrai succinctement la découverte du cadavre... Oh !... mutilé... Oh !... de ses attributs virils... Oh !... Oh !...

En retour, elle me confia :

– En principe, c'est confidentiel, Monsieur Lemmy, minauda-t-elle, mais on se connaît depuis si longtemps..., que Robert Herrkommen avait exercé à partir de 1991, les fonctions de Maître d'Internat au Lycée d'Enseignement Général, Technologique et Professionnel de Rothau. Qu'il avait été traduit, en janvier 1994, devant un Conseil de discipline. – J'ignore les raisons, cela n'apparaît pas sur le fichier informatisé. Pour cela il faudrait avoir accès au dossier que...

– Un grand merci à vous Madame Fritscher ! A mon prochain passage rue de la Toussaint, je viendrai vous faire la bise.

Je raccrochai sans lui laisser le temps de me poser d'autres questions. Ce qu'elle venait de m'apprendre avait suffi, tel un sésame, à déverrouiller ma mémoire.

C'était il y a six ans. Ce Conseil de Discipline de 1994, j'y siégeais. En tant que représentant désigné de l'Administration. Cette instance se réunissait si rarement que, maintenant que le lien était établi, mes souvenirs revenaient au galop.

Je revois Herrkommen, nullement impressionné, narguant la commission à la lecture des faits qui lui étaient reprochés et de la plainte déposée par un parent d'élève. Il était accusé d'avoir établi de fausses autorisations parentales. Grâce à ces documents, l'élève mineur pouvait quitter l'internat le vendredi soir sans l'accord de ses parents.

– Et pourquoi avez-vous établi ces faux ?, questionna le Secrétaire Général du Rectorat qui présidait.

– L'élève n'avait pas envie de rester au bahut pendant tout le week-end et de s'em... s'ennuyer sans ses camarades.

– N'aviez-vous pas conscience des dangers que vous faisiez courir à cet élève ? Il ne rentrait pas au domicile de ses parents. Il pouvait traîner dehors.

– Je lui donnais de l'argent de poche. Suffisamment pour se payer le ciné. Pour le reste... il m'avait dit qu'il savait où passer la nuit.

– Ainsi, c'est vous qui financiez les escapades de ce jeune ? Cela vous revenait cher !

– Oui, mais l'internat étant vide, j'étais libre et je pouvais aller à Strasbourg.

A aucun moment Herrkommen n'avait exprimé le moindre remords. Il reconnut avoir établi trois fausses autorisations durant le trimestre. Pas plus, affirma-t-il. Et toujours pour le même élève. Le seul, d'après lui, qui ne rentrait pas chez lui, les parents étant fréquemment en déplacement. Cette faute professionnelle grave n'était pour lui qu'une plaisanterie et, tout au long de son interrogatoire, il avait conservé son sourire railleur.

Il n'en avait pas été de même, je m'en souvins, de mon jeune collègue C.P.E. fraîchement nommé dans cet établissement et cité comme témoin. Très vite il se trouva sur le banc des accusés. On lui reprocha de n'avoir pas découvert la supercherie. De ne pas avoir pris les mesures pour éviter de telles bavures. Il se trouva des témoins, un surtout, un professeur, pour louer les qualités humaines et pédagogiques de Herrkommen, « toujours à l'écoute des élèves », « animateur hors pair du club informatique et vidéo » et pour stigmatiser « le laxisme » et « l'incompétence de l'équipe administrative du Lycée »...

Malgré ce témoignage à décharge, Herrkommen avait été sanctionné. Il avait été mis fin, sur le champ, à ses fonctions de maître d'internat. Le jeune C.P.E. avait écopé d'un blâme et avait été déplacé à la fin de l'année scolaire. Le Proviseur avait lui aussi demandé sa mutation.

Pouvait-il y avoir une relation entre cet incident vieux de six ans et le crime dont avait été victime Robert Herrkommen ? Sans vouloir minimiser la faute du pion, l'horreur du crime récent était hors de proportion. J'en arrivai à la conclusion que c'était peu probable et cela me procura un certain soulagement. Meister me ficherait la paix. Inutile de lui faire part de mes relations fortuites avec Herrkommen, il y a six ans. Cela n'apporterait rien à l'enquête en cours.

Et pour la centième fois, depuis le matin, le téléphone me tira de mes réflexions. C'était monsieur le Proviseur. Joindre le Procureur de la République n'avait pas été chose facile. Encore moins de lui tirer les vers du nez. Ce qu'il venait d'apprendre était, selon lui « proprement hallucinant ! » Il avait hâte de m'informer des derniers rebondissements. Je le sentais frétiller à l'autre bout de la ligne. Il haletait et, d'une voix suraiguë, annonça :

– Figurez-vous, cher ami,... que ce matin, peu avant neuf heures,... on a trouvé... dans un sachet de bonbons... le... le...

– Le testicule ?

– Non. La... la...

– La verge ?

– Oui, oui, la verge, c'est ça, la verge de votre Père Noël !

– Et où l'a-t-on trouvée ?

– Où ? euh... Vous me demandez où ?... Ma foi, je n'en sais rien. J'ai omis de le demander à Monsieur le Procureur. Est-ce important ?

Je n'en savais rien, si c'était important ou non. Ma question eut pour effet de mettre fin à la jubilation du Proviseur. Je sentis au son de sa voix qu'il était vexé de n'avoir pas eu la présence d'esprit de demander plus de détails à son illustre interlocuteur. Il raccrocha.

Ainsi donc, me disais-je, le cadavre se reconstitue comme un puzzle. Le corps mutilé de Robert Herrkommen avait retrouvé les deux tiers des attributs virils dont son assassin l'avait amputé. Un testicule, une verge. Coucougnette et zigounette, comme aurait dit Mademoiselle Chapirac.

Que devenait-elle, Mademoiselle Chapirac ? Elle avait promis de revenir. La perspective ne me déplaisait guère. Si d'aventure j'avais une nouvelle chance de me retrouver seul avec elle, en tête à tête,... je lui ferai part, entre autres choses, de certaines interrogations qui me turlupinaient. Lors de la visite de l'appartement de Herrkommen, des doutes m'étaient apparus. Les événements récents n'avaient fait que les étayer.

De quoi continuer à cogiter. Mauvais plan pour atténuer la migraine qui vrillait mes neurones. Que voulez-vous, il y a des jours comme ça !

Dehors il neigeotait toujours.

Chapitre 12

Le mardi matin, il pleuvotait. La rentrée s'était faite dans le calme. Je m'étais installé au C.D.I., peu fréquenté à cette heure matinale, pour consulter la presse, ce que je n'avais pas eu l'occasion de faire depuis trois jours.

Dans leur édition du dimanche, les Dernières Nouvelles d'Alsace n'avaient consacré à l'événement qu'un petit article sous la rubrique des faits divers. Il rapportait la découverte du cadavre « *d'un inconnu* » tout près du Christkindelsmärik par des « *promeneurs* ». Il lançait un appel à témoins pour tenter d'identifier la victime.

LE MEURTRE DU PERE NOEL faisait la manchette de l'édition des Dernières Nouvelles du Lundi. Sous une photo du tas de branchages de la Place du Petit Broglie, on apprenait l'identité du mort, Robert Herrkommen, son adresse à la Robertsau et la garde à vue d'un suspect, boxeur, noir d'origine réunionnaise, ami de la victime. On apprenait aussi que le Commissaire Principal Victor Meister était très confiant et que « *l'issue de l'enquête ne devrait pas tarder. La découverte des organes génitaux de la victime semble mener les enquê-*

teurs sur la piste d'un crime passionnel dans les milieux homosexuels de la ville. »

A aucun moment, l'article ne précisait l'endroit de cette seconde découverte.

Le meurtre faisait également la « Une » d'un quotidien parisien du jour. Le journaliste rappelait la découverte du corps, le grand émoi provoqué par cette découverte sur les « *milliers* » de familles et de touristes. Il révélait des détails supplémentaires sur le corps « *affreusement torturé et mutilé* ». Le sensationnel était à l'honneur. De quoi passionner les abonnés et doper les ventes dans les kiosques.

Dans les pages locales des D.N.A., on se contentait de rendre compte de « *la libération du témoin, ami de la victime. Aucune charge ne pouvant être retenue contre lui. La police se perdait en conjectures sur les mobiles du ou des assassin(s) qui semblait défier les autorités en dispersant les parties du corps de la victime au centre de Strasbourg.* »

Sans plus de précision. Bizarre. Nulle part on ne mentionnait le Palais Episcopal. Nulle part n'était précisé l'endroit où, hier, avait été découvert le second paquet de bonbons. Cela signifiait-il que les lieux n'avaient aucune importance ? Ou cherchait-on à les taire pour ne pas alimenter des rumeurs malveillantes ? En ces veilles de fêtes, à quelques mois des élections municipales et faute de piste avérée, personne n'avait intérêt à troubler l'ordre public. Personne sauf les candidats de l'opposition.

Deux pages plus loin, sous la rubrique *« Municipales »,* le journaliste se faisait l'écho d'une réunion publique tenue par le tandem de l'opposition de droite aux prochaines élections.

« Notre priorité, c'est la sécurité. Sans vouloir adopter le thème favori de l'extrême droite, sans vouloir anticiper sur les débordements et les violences urbaines qui ne manqueront pas, hélas, de marquer le passage au prochain millénaire dans notre ville, championne toutes catégories des voitures incendiées, nous dénonçons avec la plus grande fermeté le manque de volonté politique de la part de la municipalité actuelle.

Au lendemain de la découverte, au centre ville, d'un crime affreux et particulièrement sordide, nous rappelons le droit fondamental de nos citoyens à la sécurité. La banalisation extravagante des incidents violents dans nos quartiers, atteint, avec ce crime sans précédent dans les annales de la ville, le cœur même de notre cité et les croyances les plus profondes de nos concitoyens. L'autorité de l'Etat et celle de l'Eglise sont menacées.

Si nous sommes élus, notre premier acte sera de rencontrer le Préfet et le Procureur de la République afin d'insuffler une synergie et une volonté nouvelles. Les moyens devront être donnés à ce qui est prioritaire : le rétablissement de l'ordre et de la sécurité.

Au titre de la prévention, nous promettons de mettre en place dans les quartiers un conseil de prévention et d'animation regroupant les enseignants, les chargés de culte, les associations, pour épauler les forces de police et la justice... »

– Vous voyez, il faut m'épauler ! Sans vous je n'y arriverai jamais ! Cela fait des années d'ailleurs que vous me le répétez !

Absorbé par la lecture des D.N.A., je n'avais guère prêté attention aux entrées et sorties du C.D.I. La moquette épaisse lui avait permis de s'approcher dans mon dos et de lire par-dessus mon épaule. Son exclamation ponctuée d'un rire gras et sonore attira tous les regards sur le Commissaire Victor Meister. Oussama Ben Laden montant à la tribune du siège de l'O.N.U. à New York, une colombe blanche à la main, n'aurait pas provoqué plus de stupeur que l'intrusion de ce géant mal fagoté, chapeau sur l'oreille, pétard glissé dans la ceinture du jeans.

Surgissant de derrière un rayonnage, l'index brandi devant ses lèvres pincées, madame la documentaliste lui intima le silence :

– Chtttt ! Chtttt ! Veuillez respecter le silence !... Mais qui êtes-vous, Monsieur ?... et que..

Je me levai. Des deux mains, je fis un geste d'apaisement : « Laissez, madame Clinkar, laissez. Ce monsieur vient pour moi. »

Je pris le « Cow-Boy » par la manche de son blouson et je l'entraînai derrière un rayonnage chargé de manuels scolaires. Je n'avais aucune envie à ce que les élèves me voient avec cet individu qui puait le « keuf » à cent mètres à la ronde. Je tentai de me rebiffer.

– Et pourquoi devrais-je vous épauler ? Je vous répète que je ne suis pas fl... policier.

– Justement. Je trouve que dans cette affaire, il y a beaucoup trop d'enseignants, je veux dire de personnes travaillant ou ayant travaillé dans l'Education Nationale. C'est un milieu que je connais mal. Vous pouvez éclairer ma lanterne sur quelques points de fonctionnement du « mammouth ».

– Lesquels, par exemple ?

– J'ai appris que Herrkommen Robert avait été traduit, il y a quelques années de ça, devant un Conseil de Discipline de l'Education Nationale. Je veux savoir comment fonctionne ce bintz. Par exemple.

Je devais être rouge de confusion. Aussi, pour cacher mon trouble, je simulai une violente quinte de toux. Comme pour me soulager, Meister m'envoya une bourrade dans le dos. Je l'observai à travers l'interstice de mes mains. A mon grand soulagement, je ne décelai nulle malice dans son regard. Rassuré, je respirai profondément. A moins qu'il ne me jouât la comédie, le « Cow-Boy » ignorait que j'avais siégé lors de ce conseil. S'il venait me poser la question, à moi, c'était « par sympathie » si j'ose dire, et pour échapper à la « langue de bois administrative » pratiquée dès qu'un fonctionnaire est susceptible d'être impliqué. La police n'étant pas la moins douée pour cet exercice dès qu'on évoque une quelconque « bavure ».

Prétextant l'inconfort de notre station debout, j'entraînai Meister vers le fond du CDI, à l'abri des regards. En fait, je cherchais à gagner quelques précieuses minutes pour tenter de retrouver toute ma sérénité. Par ailleurs, le « Cow-Boy » étant incapable de mettre une sourdine à sa voix de baryton, je ne tenais pas à ce que les élèves présents puissent capter des bribes de notre conversation. Ma réputation, au sein de l'établissement, n'avait rien à gagner à la fréquentation prolongée de cette caricature de « keuf ». De plus, je dois reconnaître que cette ténébreuse affaire, à laquelle j'avais été mêlé par le plus grand des hasards, me passionnait de plus en plus. Si le Commissaire Principal Meister me consultait, en tant que « spécialiste », il me serait aisé de lui soutirer les dernières informations concernant l'enquête officielle. Donnant, donnant.

Au moment où le « Cow-Boy » affalait son quintal de muscle et de graisse sur une fragile chauffeuse, son téléphone portable résonna. Plié en deux comme il l'était, le malabar mit un certain temps pour trouver au fond de sa poche le minuscule appareil dont les appels stridents déchiraient le silence feutré des lieux. Au grand dam de madame Clinkar accourue. Du haut de son un mètre cinquante, elle manifestait sa réprobation en toisant le « Cow-Boy » avachi sur son siège trop bas. Elle menait une guerre aussi farouche que désespérée contre les téléphones, bip, walkman et autres appareils électroniques générateurs de décibels inutiles. La vacuité et l'ineptie de la plupart des dialogues échangés par les utilisateurs de portables (inutile de tendre l'oreille pour les subir) ne pouvaient que renforcer la détermination de cette passionnara du silence.

Les informations communiquées à Meister devaient être d'une toute autre teneur. Il fronçait les sourcils, prêtant une oreille attentive à son correspondant. Agacé par les mimiques de madame Clinkar, d'un moulinet énergique de son bras libre, il lui intima l'ordre de déguerpir. Je crus qu'elle allait s'étouffer. L'incident diplomatique était proche. Je gratifiai la documentaliste de mon sourire le plus contrit et j'entraînai le « Cow-Boy », dès la fin de son coup de fil. Sans laisser aux deux partis le temps d'ouvrir les hostilités. A force de fréquenter cet individu si peu fréquentable, je finirai par m'attirer les foudres des gens que je côtoyais d'habitude. Son allergie au monde de l'Ecole semblait viscérale.

Je réfléchissais à un endroit discret (ce n'est pas le cas pour mon bureau) pour poursuivre l'entretien, lorsque Meister, spontanément me parla de l'appel téléphonique.

– C'était mon adjoint. A propos des billets d'avion trouvés chez Herrkommen.

– Oui, et alors ?

– A l'agence de voyage, il les avait fait enregistrer, mercredi dernier, à son nom et à celui de Cerfeuil Honoré.

– C'est donc qu'il voulait en faire la surprise à son ami ? Mercredi, c'est le jour de sa disparition. Il n'aura donc pas eu le temps d'en informer Cerfeuil. Cela tendrait à prouver qu'il n'y avait aucune brouille entre eux. Donc aucun motif de meurtre. Vous êtes d'accord ?

Le « Cow-Boy » émit quelques borborygmes aussi sonores qu'intraduisibles. Je crus y distinguer certains termes peu choisis à l'encontre des homosexuels et des hommes politiques. Je lui demandai de préciser. Il eut du mal. Il venait d'apprendre par son adjoint que Herrkommen avait, le même mercredi, retiré à la mairie les papiers nécessaires pour se pacser avec son ami. De quoi choquer n'importe quel flic moyennement homophobe et ébranler sérieusement sa théorie de la crise de jalousie entre les deux amants.

Intérieurement, je me réjouis de la tournure des événements qui semblaient innocenter le jeune Réunionnais. Je me gardai bien d'en faire part à Meister. Cela n'aurait fait qu'attiser sa fureur et provoquer les plaisanteries douteuses dont il était friand.

Chapitre 13

J'avais emmené Meister dans les locaux de la demi-pension. Nous avions pris place dans un angle de la salle à manger, déserte à cette heure de la matinée. D'un côté des claustra garnis de plantes vertes, de l'autre de grandes baies vitrées dominant la cour. Depuis les cuisines attenantes, nous parvenaient, étouffés, les bruits de casseroles qui se heurtent, de hachoirs qui tranchent, de robots ménagers qui tournent.

J'avais remarqué qu'en pénétrant dans la grande salle, le « Cow-Boy », machinalement, avait enlevé le feutre mou qu'il ne quittait quasiment jamais. Un peu comme s'il avait pénétré dans une église. Et pendant tout le temps où je lui expliquais la composition et le fonctionnement d'un conseil de discipline, il ne cessait de pivoter sur sa chaise, de se pencher pour jeter un coup d'œil sous la table, de passer un doigt boudiné sur le plateau en hêtre de cette même table, de renifler l'air ambiant ...

– Je vois que je ne vous intéresse pas beaucoup, Monsieur le Commissaire Principal ?

– Si, si, continuez, je vous en prie.

Je poursuivis donc mon exposé en évoquant les différentes sanctions administratives qui peuvent frapper un fonctionnaire de l'Education Nationale reconnu coupable d'une faute professionnelle, allant du blâme au...

– Dites, m'interrompit soudain le mastodonte qui se grattait furieusement le cuir chevelu, dites, c'est la cantine des élèves, ça ?

– En effet, c'est la salle à manger des élèves.

– Ah ! « Salle à manger ! » C'est comme ça qu'on dit aujourd'hui ? De mon temps, on disait « la cantine » ou « le réfectoire », quand on était poli, plus souvent « la cambuse » ou « le râtelier », tant c'était sinistre et cradingue.

– Les choses ont changé, heureusement. Même dans l'Education Nationale. Mais pour en revenir à notre sujet, je disais donc qu'il y a le blâme, puis...

– Et dites, le truc qu'on sent, là... cette bonne odeur de... Ce ne serait pas de la blanquette qui mijote ?

L'obèse dilatait ses narines velues et promenait une langue gourmande sur ses lèvres charnues, tout en plissant les yeux pour simuler l'extase. Pour un peu, je l'aurais trouvé humain. Un gars capable d'apprécier une bonne blanquette méritait un minimum de respect.

– C'est possible. Je ne connais pas le menu du jour, mais si vous voulez on peut faire un tour aux cuisines et demander au chef ?

– Le « menu du jour », le « chef », on se croirait au « Crocodile », ma parole ! Nous, c'était « la bouffe », « la graille », « le cuistot » ou « le popotier » ! Ils ont une sacrée veine, vos potaches, d'être gâtés de la sorte !

– Je vous l'accorde. Mais ça ne les empêche pas, du moins certains d'entre eux, de préférer le fast-food du coin.

Ah, les cons ! Les p'tits cons ! Une génération de dégénérés. Ils boufferaient de la merde. Suffit qu'on l'emballe en américain ! Qu'on leur dise que c'est « rock » ! Connaissent pas leur bonheur !

– Mais ma parole, monsieur le Commissaire Principal, on dirait que vous avez envie de retourner au lycée ?

– Moi, retourner dans un bahut ?

Le « Cow-Boy », qui jusque-là affichait un sourire plutôt avenant, avait rugi tel un félin gracieux qui, en un clin d'œil, se mue en fauve hargneux.

– Moi, retourner dans un bahut ? Face à des profs vachards, des pions sadiques, des dirlo constipés...

– Vous ne croyez pas que vous exagérez, un peu, monsieur le Commissaire Principal ?

– Non, Monsieur le Conseiller Principal d'Education, non, je n'exagère pas. Vos cantines ont peut-être changé en mieux. Et si vous m'invitez, je viendrai goûter, dès que j'aurai une minute. Mais pour le reste... tous des faux culs, des vicieux, des...

Devant mon air contrarié, il s'interrompit. Je le vis faire un effort sur lui-même pour se calmer. Un sourire jaune découvrit sa dentition de même couleur.

– Je ne parle pas pour vous !... Vous c'est pas pareil, monsieur Lemmy. C'est d'ailleurs pour ça que je viens vous voir, vous. Mais quand je pense à ce fourbe de proviseur du Lycée Saint Bernard !

– Parce que vous l'avez rencontré ?

– Un peu, oui. Je suis allé sur place. Pour qu'il me parle de Herrkommen. Il a quand-même travaillé comme pion dans son bahut, jusqu'au mois de juin dernier !

– Et que vous a-t-il appris sur son ancien surveillant ?

– Rien. Ou tout comme. Ce « protale » avait tout l'air d'un crotale. Visqueux. Insaisissable qui vous file entre les pattes. Impénétrable derrière ses petites lunettes rondes et son gros nœud papillon. Tellement menteur et papelard que le Christ, sur le grand crucifix au-dessus de son bureau, semblait souffrir doublement. Je n'ai rien réussi à en tirer.

– Même pas sur les raisons de la démission de Herrkommen ?

– Surtout pas. Le sujet semblait l'embarrasser un max. Me laissant entendre, en termes mesurés, que le pion avait été « invité » à démissionner. Sans vouloir m'en dire davantage. Me jurant qu'il ignorait que Herrkommen avait précédemment passé devant un conseil de discipline. A ce propos, vous pouvez peut-être m'expliquer comment un mec dont on a mis fin aux fonctions de pion, en 1994, pour abandon de poste au Lycée de Rothau, peut se retrouver quelques années plus tard, exerçant les mêmes fonctions dans un lycée strasbourgeois.

La question était intéressante. Et plutôt confondante. Je tentai de m'en sortir par des explications vasouillardes. Je lui expliquai que le Lycée de Rothau est un établissement public. Le Lycée Saint Bernard, un établissement privé qui, même s'il est sous contrat avec l'Etat, dispose d'une certaine autonomie pour recruter son personnel. On y pouvait donc ignorer le passé de Herrkommen.

– Mais il était fiché par le Rectorat, merde ! Ils avaient un dossier ! Ils auraient dû s'en apercevoir !

Je ne voyais plus d'autre moyen que d'ironiser perfidement sur le compte de mon administration : « Vous savez, le bureau des personnels du privé est à l'autre bout du couloir ! » Cela ne fit qu'accroître la « sympathie » de Meister à mon égard. Et c'est au nom de cette même « sympathie » que, tout en buvant un café trop amer dans un gobelet en plastique, je le priai de m'informer des derniers éléments de l'enquête.

Il se fit un peu tirer l'oreille. Il voulut en savoir davantage sur les C.A.P.A., la représentativité des syndicats d'enseignants, le statut des M.I. et celui des S.E, le statut des établissements privés,...

Je lui fournissais toutes les précisions désirées. En échange, je voulais tout connaître sur les dernières informations concernant l'enquête. NOTRE enquête. Ce fut donnant, donnant. J'appris ainsi :

* que les recherches concernant le mystérieux conducteur de la Mercedes n'avaient pas abouti, pour l'instant.

* que le légiste avait confirmé la torture à la choucroute.

* que ce supplice s'étalait sur plusieurs jours. Du jour de la disparition de Herrkommen,(mercredi) au jour de sa réapparition sous forme de cadavre (samedi).

* que cette choucroute était une choucroute artisanale dont l'origine serait difficile à établir.

* que la houppelande dont était revêtu le cadavre, était fabriquée en Corée, à des milliers d'exemplaires et vendue dans toutes les grandes surfaces de France et d'Europe.

* que la pomme d'amour et les deux sachets de « p'tits Jésus » provenaient du marché de Noël mais que les ven-

deurs n'avaient remarqué aucun suspect parmi les centaines d'acheteurs.

* que le deuxième sachet contenant la « bite du pédé » (Meister dixit) avait été déposé avenue de la Liberté.

– Et pourquoi avenue de la Liberté ?

– Je n'en sais fichtrement rien, fulmina le Commissaire. Ce type n'est pas seulement un taré, c'est un vicieux. Il nous nargue, il se paie notre tête. Mais il ne perd rien pour attendre, ce p'tit salaud. Il finira par faire une connerie et on lui mettra la main au collet.

– Après l'Hôtel du Préfet pour le corps, après le Palais Episcopal pour un testicule quel est le bâtiment de l'avenue de la Liberté qui a recueilli la verge ?

– C'est au 11, un bâtiment appartenant au Ministère des Finances, la Direction des Douanes ou un truc comme ça. Vous croyez qu'il y a un rapport ?

– Je l'ignore, fis-je. Il y a dans sa façon de procéder, des choses qui nous échappent. Il ne cherche pas à dissimuler son crime. Au contraire. Il revendique les actes de barbarie. Il prend des risques énormes pour disséminer les restes macabres dans les artères les plus fréquentées de la ville. Pourquoi agit-il de cette manière démonstrative ? Que cherche-t-il à nous dire ?... Mais après tout, il n'y a peut-être aucun rapport... Sans doute y verrons-nous plus clair lorsqu'on aura retrouvé le testicule manquant.

A condition que la victime en avait deux ! C'était une pédale, je vous le rappelle. Un malade ! Comme son assassin ! C'est un monstre, ce mec, un déséquilibré, s'emporta le Cow-Boy en renversant un peu de café sur son blouson qui en avait vu d'autres. Suffit parfois d'une couille en moins pour dérégler le ciboulot, tous les psys vous le diront !...

Voilà que le « Cow-Boy » se lançait dans des explications d'ordre psychanalytique. J'aurais tout entendu ! Le plus innocemment du monde, je persiflai :

– A moins qu'il n'en ait eu trois ? Il paraît que cela arrive ! Mais vous devez bien savoir combien il en avait, non ?

– Et comment je le saurais ? C'est pas marqué sur la carte d'identité ! Vous voyez d'ici le topo : Signe particulier : 3 testicules ! Et Meister partit dans un éclat de rire féroce.

– A moins, suggérai-je, que vous ne demandiez à...

– A qui ?... A... Mais c'est bien sûr ! Le commissaire Meister se frappa le front avec la paume de sa main comme le faisait son homologue télévisuel dans la série des « Cinq dernières minutes ». Comment n'y avais-je pas pensé ? A force de les tripoter, la p'tite tapette a bien dû les compter ? Et dire que j'ai dû le relâcher, ce matin, à cause de la présomption d'innocence et toutes ces conneries !

Intérieurement, je plaignis un peu ce pauvre Honoré Cerfeuil. Il allait, par ma faute, passer un mauvais quart d'heure. Meister ne se priverait pas de lui poser les questions les plus égrillardes sur l'anatomie de feu Roby. Tant pis pour lui. J'étais trop heureux d'être débarrassé du « Cow-Boy ». Ce type-là me tapait sur les nerfs.

Après l'avoir raccompagné jusqu'au portail, je retournai au C.D.I. pour consulter les alsatiques. Dans l'un d'eux consacré à l'architecture de Strasbourg, j'appris que le bâtiment de la Direction Régionale des Douanes avait été construit vers 1891. A l'époque du Reichsland. Que ce « *véritable palais florentin en grès rouge présente quatre niveaux, une balustrade, deux res-*

*sauts latéraux, un foisonnement de fenêtres et un décor robuste**. » Pas de quoi me mettre sur une piste susceptible de faire avancer l'enquête. Pas de quoi, non plus, enrichir mon érudition dont je faisais volontiers étalage. Sans succès, la plupart du temps. Surtout avec les dames.

Cette manie d'agrémenter à tout propos ma conversation de parenthèses culturelles ou d'anecdotes historiques avait fini par exaspérer Lisa. Elle m'avait quitté. Pour ça, entre autres. Depuis, bien que je me surveille, j'avais du mal à me corriger de ce travers. Est-ce pour cela que je me retrouvais, chaque soir, seul dans ce minable logement de fonction ?

J'avais pris l'habitude, dès que je rentrais chez moi, d'allumer la télé du salon. Il me semblait, tandis que je prenais ma douche ou que je vaquais à la préparation d'un dîner frugal, que l'inutile volume sonore qui se déversait à travers les pièces sommairement meublées de l'appartement faisait reculer le silence pesant de toutes les absences.

Ce mardi soir-là, le visage d'une jeune femme souriante, une frange brune sur un visage cuivré, s'incrusta sur l'écran. Je ne prêtai qu'une attention distraite au flot de paroles de la présentatrice. Les mots, les phrases n'existaient que comme une parade au silence, une isolation contre la solitude. Je sursautai cependant lorsque, succédant à la mignonne, la voix grave d'un journaliste annonça que « en fin d'après-midi, venait d'être retrouvée une autre partie du corps de la malheureuse victime du marché de Noël... »

Je quittai précipitamment la kitchenette. Sur l'écran je reconnus la statue du Maréchal Kellermann érigée

---

* Strasbourg Architecture 1871-1918 (Le Verger Editeur).

devant l'ancienne Ecole d'Artillerie, aujourd'hui Cercle des Officiers. C'est là qu'avait été retrouvé le troisième sachet de « p'tits Jésus ». La caméra de F.R. 3 Alsace s'attardait sur la statue du vainqueur de la bataille de Valmy aux pieds de laquelle je reconnus la haute taille du Commissaire Principal Meister fort occupé avec ses hommes à maintenir la foule très nombreuse en raison de la proximité du Marché de Noël.

Le speaker lançait un appel aux témoins éventuels. « Toute personne qui aurait aperçu une voiture Mercedes grise, immatriculée en Allemagne, et qui s'est arrêtée quelques instants devant cette statue, Place Broglie, vers quinze heures, avant de s'éloigner à vive allure par le Pont de la Fonderie, est priée de prendre contact immédiatement avec le Commissariat Central de Strasbourg au 03 88 32 99 08. »

Et de quatre. L'anatomie de Robert Herrkommen était complète. L'assassin, loin de se cacher, prenait des risques insensés pour semer les différents morceaux. Voilà qu'il opérait en plein jour et sur la place la plus animée de la ville. Devant le théâtre du Cercle dans lequel, durant des décennies, le célèbre humoriste Germain Muller s'était moqué des Alsaciens, de leurs travers et de leurs notables, l'assassin fou ridiculisait la Police et les institutions. Sacré pied de nez. Comme Kellermann brandissant son bicorne à la pointe de son sabre pour lancer ses sans-culottes à l'assaut des troupes prussiennes, l'assassin narguait l'Ordre et l'Autorité. Mais pourquoi agissait-il ainsi ?

Quelle perversion le poussait à ces macabres mises en scène ? Quelle pulsion de mort le condamnait à multiplier les risques ? Comme s'il cherchait à mourir. Comme si la vie lui était odieuse. Comme s'il avait un message à délivrer... Et qu'il cherchait à l'exprimer... à sa façon...horrible et ordonnée... Car on ne me fera pas croire que ce dément agissait sans raison.

J'avais bien une petite idée... mais tellement vague que je me garderai d'en parler à Meister. Par avance, je l'entendais m'accabler de ses sarcasmes. Dommage que Mademoiselle Chapirac ne soit pas présente. A elle j'aurais pu tout dire.

Dommage, en effet qu'elle ne soit pas là, me dis-je en me glissant sous mes draps froids et fripés.

Chapitre 14

Sur la vallée de la Bruche, il pleuvait. C'était de la neige fondue. Les véhicules qui venaient à ma rencontre sur la Départementale 424 projetaient des gerbes d'eau boueuse en roulant dans les flaques accumulées sur les bas-côtés.

Il était un peu plus de midi, lorsque j'arrivai au sommet du col du Hantz. De gros flocons de neige mouillée descendaient à la verticale d'un ciel uniformément gris. La route, peu à peu, disparaissait sous une mince pellicule. Je dus ralentir car je distinguais de plus en plus mal à travers mon pare-brise tant les essuie-glaces peinaient. Deux camions de grumes et une voiture jaune *des P&T* étaient arrêtés devant le restaurant. Je fis également halte pour manger un morceau.

Tandis que les chauffeurs attablés à la table voisine maugréaient en raison du mauvais temps et des difficultés de circulation sur les routes vosgiennes, j'attaquai une assiettée de soupe au lard. J'étais affamé. J'avais quitté précipitamment le lycée, ce matin, sans prendre la peine de déjeuner. J'avais laissé un mot au secrétariat du Proviseur :

J'ai l'honneur de solliciter de votre haute bienveillance une autorisation d'absence pour la demi-journée du mercredi...

Pour les besoins de l'enquête à laquelle je suis mêlé en ma qualité de témoin, je souhaite rencontrer certaines personnes susceptibles d'apporter des renseignements utiles à la police.

Je vous prie d'agréer, Monsieur le Proviseur...

Le procédé n'était guère habituel. Mais du moment que les formules de politesse en usage étaient respectées, le proviseur n'y verrait aucune objection. D'autant plus que je le mettais devant le fait accompli et que les motifs invoqués ne pouvaient qu'aiguiser sa curiosité. Il était assuré que, dès mon retour, il aurait le privilège des renseignements les plus frais. Et même avant son ami le Procureur !

J'avais quitté le lycée Le Corbusier aux aurores. Pour être franc, j'ignorais tout de ces « personnes que je souhaitais rencontrer ». Il fallait absolument que je me rende à Rothau dans le lycée public où feu Herrkommen avait exercé les fonctions de maître d'internat. Ne me demandez pas pourquoi. Ma démarche était davantage guidée par une sorte d'intuition que par un véritable raisonnement : c'est bien le diable, me disais-je, si parmi le personnel de cette époque il n'y a personne que je connaisse de près ou de loin. Les renseignements que j'espérais glaner se conservent plus volontiers dans une cervelle humaine que dans une mémoire d'ordinateur.

Mon objectif était d'atteindre Rothau avant l'heure de la rentrée des classes. Ainsi, sans déranger inutilement, je pourrais, en me postant à l'entrée, surveiller l'arrivée des enseignants en espérant repérer un visage connu. Compte tenu des performances de ma vieille R 18, incapable de dépasser le 80, pied au plancher, en descente, compte tenu également des mauvaises conditions météorologiques décrites plus haut, j'arrivai avec une bonne demi-heure de retard sur mes prévisions.

Ni mon collègue C.P.E., un jeune barbu en pull et jeans délavés, (pour être proche des jeunes, sans doute ?) ni le chef d'établissement, ni la secrétaire n'étaient de mes connaissances. Aucune de ces personnes n'était d'ailleurs en fonctions à Rothau en 1994.

– Restait-il des personnels de cette époque ?

– Peut-être... Sans doute... Quelques-uns... Pas nombreux...

Les réponses que j'obtenais montraient le peu d'empressement de mes interlocuteurs pour favoriser ma démarche. Soit, comme la secrétaire parce que cela aurait nécessité des recherches fastidieuses dans des dossiers poussiéreux, soit comme mon jeune collègue qui, très digne, se retrancha derrière le secret professionnel, soit comme le proviseur qui n'avait nulle envie de déterrer cette vieille histoire qui avait nui et pouvait nuire encore à la réputation de son établissement et de son internat.

Je les remerciai néanmoins. Sur le parking battu par le vent, je remontai le col de ma parka avant d'ouvrir la portière de ma R 18 au chauffage moribond, lorsqu' une voix provenant de l'autre côté de la clôture grillagée m'apostropha avec un accent taillé à la tronçonneuse :

– Che me tromb' pas, c'est bien vous, M'sieur Lemmy ? Quelle surbrise ! Si che m'attendais à ça !

Quelle surprise en effet. De celles qu'on ne rencontre que dans les romans policiers ou dans l'Education Nationale. Le « mammouth » avec ses 1 250 000 fonctionnaires a beau être la plus grosse entreprise du monde, on finit toujours par croiser un visage familier. Et le sourire de Pascal m'était plus que familier.

Je l'avais connu au début des années quatre-vingts. J'étais pion dans un collège du Neuhof, un de ces collèges que l'on qualifie de « sensible ». Pascal était élève de sixième dans le même collège. Il ne passait pas inaperçu. Sa bonne bouille de doux Pierrot lunaire dépassait de deux têtes tous ses camarades. Sa taille, ses épaules carrées et ses mains larges comme des battoirs le mettaient à l'abri des quolibets que son regard de presbyte rêveur et ses oreilles largement décollées n'auraient pas manqué de susciter. Son éternel sourire et sa gentillesse naturelle aidant, il communiqua à plusieurs de ses camarades la passion qui, dès cette époque, l'animait et occupait tous ses loisirs. Cette passion c'était le jardinage. Grâce à Pascal et à son équipe, le collège s'enrichit de parterres de fleurs, de carrés de roses, de balconnières de géraniums et de bacs multicolores.

A la fin de la classe de cinquième, Pascal intégra une section horticulture dans un lycée agricole. Chaque dimanche le voyait cependant revenir dans son ancien collège pour bêcher, désherber, semer, planter, tailler selon les saisons. Cette activité bénévole dura aussi longtemps que j'exerçai au Neuhof et même au-delà, je pense.

Aujourd'hui, dans la force de l'âge, Pascal avait encore gagné en taille et en robustesse. Une casquette à visière rabattue cachait en partie son visage cuit et recuit par le grand air. Malgré le froid, sa grosse chemise à carreaux découvrait à l'échancrure un cou puissant sur un torse massif. Plus que tout c'est son sourire aussi large qu'un tiroir de commode ancienne qui le rendait inoubliable.

Il était sincèrement ravi de me revoir. Je ne l'étais pas moins. J'acceptai donc sa proposition :

– Che vous soffre un thé ? Ch'ai tout mon temps. En hiver, un chardinier n'a pas beaucoup de boulot.

Car Pascal était jardinier au lycée de Rothau. Depuis 1989.

– Et depuis cette date, ch'habite ici. Che suis très bien ici et tout le monde est chentil.

Cela ne m'étonnait pas. Depuis toujours, à l'entendre, tout le monde il est beau et tout le monde il est « chentil ! »

– Che cueille, moi-même le « pfeffermintz », dit-il en rougissant comme une rosière lorsque je lui fis compliment pour l'excellent thé à la menthe qu'il me versa. Il m'avait amené chez lui. Le salon meublé de chaises en rotin. Sur les murs des posters et des images découpées dans des catalogues de chez Vilmorin ou Bakker. Des fleurs, des fleurs, encore des fleurs.

– Voui, che l'ai connu. Chai lu dans le chournal ce qui lui est arrivé. C'est pas de chance.

Venant de Pascal, une oraison funèbre aussi laconique et sur un ton dénué de toute émotion me surprit énormément. Robert Herrkommen n'aurait-il pas été aussi « chentil » que les autres ? J'avais hâte d'en apprendre davantage. Ce ne fut pas facile tant Pascal montrait de réticence à dire du mal de quelqu'un. Surtout lorsque ce quelqu'un était mort.

- Au début, m'apprit Pascal, ça allait assez bien. Quand le samedi et le dimanche, le pion était de service pour surveiller les élèves internes, il était tout content quand che faisais du chardinage avec les élèves volontaires. Ch'avais une bonne équipe. C'étaient des garçons très chentils. Surtout le Trio, les cheunes qui restaient souvent le dimanche parce que leurs parents étaient loin. Et puis ce..., ce Robert Herrkommen, il a commencé à les intéresser à l'informatique. Et après, c'était plus pareil. Les élèves ne venaient plus au chardinage...

Ainsi donc Pascal était jaloux de l'intérêt que les élèves portaient à l'informatique au détriment de la floriculture. Jaloux d'un pion qui avait suscité cet intérêt. Je ne pouvais croire que ce fut la seule raison. Le ressentiment que je percevais à travers le ton plus qu'à travers les mots, cette rancune cultivée pendant six ans par un être aussi doux que Pascal devaient avoir d'autres motifs. Je continuai de le harceler de questions. J'exigeai les plus infimes détails. Je le poussai dans ses ultimes retranchements. Et Pascal finit par craquer.

Il s'était levé et tournait autour de la table basse en se tordant les mains. Puis il s'était arrêté devant la fenêtre à travers laquelle on voyait tomber la neige. Et il avait chuchoté :

– Il leur montrait des saletés...

J'eus beaucoup de mal à lui faire préciser. Il avait viré à l'écarlate. Il détournait son regard comme un enfant honteux :

– Qu'est-ce que che sais moi ?... des saletés, quoi... des cochonneries à la télé... Ch'ai chamais vu exactement, mais ch'en suis sûr... Alors quand les parents de Thomas ont porté plainte et que ce salaud a été renvoyé, ch'étais rassuré.

– Mais ce n'est pas pour ce motif qu'il a été traduit en conseil de discipline !

– Voui, che sais. Il paraît qu'il payait des internes pour qu'ils partent le week-end.

– DES internes ou UN interne ?

– Che sais pas, che sais pas... Che sais seulement que les parents de Thomas ont porté plainte. Mais che ne serais pas étonné que les autres du TRIO...

– Qui c'est ce fameux TRIO dont vous me parlez ?

– Ben, c'est comme ch'ai dit, des internes qui restaient souvent le dimanche. Ils étaient très chentils. Ils étaient très cheunes, ils allaient encore au collège. Ils étaient inséparables. Ils faisaient touchours tout ensemble. C'est pour ça que che me dis que, eux aussi... Mais ch'en sais rien.

– Vous vous rappelez leurs noms ?

– Les prénoms, voui. Il y avait Thomas, ch'ai dechà dit, il y avait Raoul, il y avait Ismaël et il y avait Oscar.

– Mais ça fait quatre ?

– Voui, che sais. C'était une de leurs blagues. Ils s'appelaient le TRIO parce que T comme Thomas, R comme Raoul, I comme Ismaël et O comme Oscar. Mais ils étaient quatre comme les trois mousquetaires !

– « Tous pour un, un pour tous » c'est ça ? Et vous vous rappelez leurs noms de famille ?

– Oh, non. A part celui de Thomas Bernoit, et parce que ce sont ses parents qui ont porté plainte, che crois que ch'ai chamais su le nom des trois autres. Seulement le prénom.

– O.K. Est-ce que Robert Herrkommen avait des amis parmi le personnel ?

– Au début, tout le monde l'aimait bien et puis...

– Et puis ?

– Et puis, che sais pas... c'est pas un type sur qui on pouvait compter... il était assez faux-jeton... et il y avait tous ces bruits qui couraient...

– Quels bruits ?

– Ben... avec les élèves... qu'il écrivait de fausses excuses... qu'il faisait les devoirs de math à la place de certains... qu'il leur montrait des...

– Et pourtant, si je me souviens bien, il y a un prof qui l'a sacrément défendu lors du conseil de discipline.

– Ah ! Voui ? Dans ce cas ça ne pouvait être que Mitasky... ou Montalesky... ou un nom comme ça, un prof de lettres, je crois... Ils étaient comme cul et chemise tous les deux...

– Et qu'est devenu ce Monta - machin-chose - sky ?

– Che n'en sais rien. Il n'est plus dans notre lycée depuis longtemps... par contre, en parlant de lui, che me souviens que les parents de Thomas Bernoit habitaient pas loin d'ici, juste de l'autre côté du col du Hantz. Le village s'appelle Le Mont.

Voilà pourquoi, après avoir remercié Pascal, j'avais continué ma route au lieu de retourner à Strasbourg. Voilà pourquoi, vers treize heures, j'avalais une soupe à la saucisse dans l'auberge du col du Hantz. Voilà pourquoi je demandai à mon voisin, le facteur, s'il connaissait les Bernoit qui habitent le Mont. Il connaissait.

Heureusement. Sans ses précieuses explications je n'aurais jamais trouvé leur maison.

Chapitre 15

Le hameau appelé le Mont se situe à l'écart de la Départementale 424. Il ne regroupe qu'une vingtaine de maisons presque toutes semblables. Ce sont de grosses fermes trapues. L'habitation, l'étable et la grange à foin ne font qu'un corps de bâtiment sous un énorme toit. Certaines étaient carrément en ruines. D'autres semblaient plus ou moins abandonnées aux ravages des saisons qui passent. La plupart, retapées pour servir de résidences secondaires avaient des volets neufs, hermétiquement clos. Seules quatre ou cinq cheminées fumaient, témoignant d'une maigre vie hivernale.

Sur les conseils du facteur, je traversai le hameau pour m'engager sur une petite route pentue menant au relais de télévision qui, de loin, émerge de la forêt dense. Nulle trace sur le tapis blanc qui s'épaississait à vue d'œil. Bientôt, mon moteur peina. Mes pneus patinaient. Il était plus prudent de continuer à pied. Les branches des conifères ployaient sous la masse neigeuse qui étouffait tous les bruits. Au bout d'une centaine de mètres, dans un virage, j'aperçus la maison. Construite d'un seul bloc, en pierre grise et jaune, elle était adossée à la pente. Sur le côté, un assemblage de poutres de soutènement empêchait une lézarde de s'agrandir dans ce qui fut une étable. La longue façade était percée au centre par une grande porte de grange cintrée. A droite, la partie habitée (un tortillon de fumée grise s'échappait de la cheminée) était recouverte d'une ramée de lamelles en fibro-ciment destinée à la protéger du froid et de l'humidité.

Un chien aboya. L'étroite porte d'entrée de l'habitation s'ouvrit. Sous le linteau de grès rose apparut un petit homme tout réduit de vieillesse. Il flottait dans une veste de treillis kaki. Ses mains seules semblaient avoir gardé leur taille d'origine tant elles paraissaient énormes. L'une tenait une canne à bout ferré. De l'autre, il cherchait à retenir un gros chien velu, un batard jaune et noir qui s'étranglait au bout de sa laisse.

– Vous êtes perdu ?

La question ainsi que le ton peu amène sur lequel elle était formulée signifiaient clairement que je n'étais pas le bienvenu en cette ferme du bout du monde. Nul n'était attendu ici. On ne pouvait venir là que par égarement.

J'affichai mon sourire le plus affable pour m'adresser au vieux :

– J'aimerais parler à Monsieur Bernoit. A monsieur Thomas Bernoit. Est-ce qu'il habite ici ?

– Qu'est-ce que vous lui voulez à Thomas ? Et d'abord, qui êtes-vous ?

– Un ami, tentai-je de mentir. Enfin,..., euh... s'il m'était...

Une voix venant de l'obscurité, une voix de femme, tranchante et glaciale comme la bise m'interrompit :

– Qui c'est, Antoine ? Qu'est-ce qu'il veut ?

– Il prétend qu'il est un ami de Thomas. Il voudrait lui parler...

– Qu'il entre.

Elle était assise sur une chaise, face à l'âtre où se consumait une unique bûche. Ses mains toutes blanches reposaient sur le tablier de sa jupe tendue entre ses genoux écartés. Ses cheveux étaient plus ternes que gris. Son visage paraissait plus las que vieilli. Elle n'avait pas d'âge. Un faisceau de veinules bleutées convergeait sous la peau vers ses yeux pâles qui me transperçaient.

– Qu'est-ce que vous lui voulez, à Thomas ? Vous êtes de la police ?

Je protestai vivement en feignant de rire. Je me gardai de lui demander ce que Thomas, ou ses parents, pourraient craindre de la police. Je sentais son oeil glacé fixé sur moi et je n'eus pas le courage de mentir. Je bredouillai de vagues explications. Je parlai surtout de Pascal, en espérant que le si « chentil » jardinier serait un passeport efficace pour forcer la méfiance de cette femme hostile.

– Ne bougez pas, je vais voir.

La vieille (mais était-elle si vieille que cela ?) disparut par une porte étroite donnant sur un couloir. Le vieux, celui qu'elle avait appelé Antoine, gardait les yeux baissés. Il sortit de la poche de sa veste un paquet de Gauloises et en retira une cigarette qu'il colla entre ses lèvres. Puis, comme s'il s'était soudain souvenu d'un usage ancien, il me tendit le paquet.

– Merci, je ne fume plus

Le chien velu s'était couché aux pieds de son maître qui continuait à garder le silence en tirant lentement sur sa clope. Sur le mur du fond, recouvert de dosses à peine équarries pendait un calendrier jauni datant de 1998. Au-dessus d'un antique évier taillé dans le grès, quelqu'un avait commencé, puis arrêté, de carreler le mur. Un robinet de laiton gouttait. Ce bruit sec, répété, lancinant rythmait seul ce lieu hors du temps. Comme si tout le reste, un jour, s'était figé.

Après un long moment, la femme reparut et nous fit signe de la suivre. Par un couloir étroit et sombre, elle nous mena jusqu'à un escalier raide qui conduisait à l'étage. Là haut, tout était différent. Une applique électrique fixée entre deux portes de bois clair, jetait une lumière douce sur le couloir lambrissé et verni. Une épaisse moquette étouffait nos pas.

Ma surprise fut totale lorsqu'elle ouvrit l'une des portes.

La pièce était éclairée. Face à la porte et couvrant tout le mur, un rayonnage de bois blanc que garnissaient des livres, des B.D., des revues de toutes sortes, ainsi qu'une chaîne Hi -Fi, des disques, des cassettes, des C.D, le tout soigneusement classé et rangé. Sur un meuble disposé en équerre, un moniteur de 19'', écran éteint, côtoyait l'unité centrale de l'ordinateur, un scanner, un magnétoscope, une imprimante à jet d'encre... Mais plus que par la configuration informatique sophistiquée, je fus interloqué par le fauteuil roulant, rutilant de tous ses chromes.

C'est seulement en franchissant le seuil que je découvris le lit et l'homme qui l'occupait.

Il était assis, adossé à deux gros oreillers en train de boire un jus d'orange avec une paille. Le mouvement de succions creusait encore davantage un visage émacié et livide. Il regardait droit devant lui, les yeux au fond des orbites sombres. Il avait des gestes de vieillard, lents et mal assurés. Etait-ce Thomas ? Quel âge pouvait-il avoir ? Vingt, vingt-deux ans ? Je restai là cloué sur place par le triste spectacle de cet être jeune encore que la maladie, bien avant sa mort, avait transformé en une pitoyable momie.

Il ouvrit la bouche et essaya de grimacer un sourire :

– Je vous fais peur ? J'ai une sale tronche, n'est-ce pas ?

Sa voix était faible et rauque. Je bredouillai quelques maladroites protestations et il éclata d'un rire malsain, à la limite du sanglot et de la toux.

– Vous voulez me parler du « chentil » Pascal ? Volontiers mais pourquoi n'est-il pas venu lui-même ? Et que me vaut l'honneur de votre visite, Monsieur... ? Monsieur... ?

– Lemmy. Claude Lemmy, conseiller principal d'éducation, et ami très ancien de Pascal, le jardinier que j'ai connu, il y a de cela...

– Et Herrkommen Robert, vous l'avez connu quand ?, me demanda-t-il brutalement sans me quitter du regard.

Je fus presque soulagé. Fini de tourner autour du pot. C'est bien la mort tragique de l'ancien pion qui motivait ma venue en ces lieux. Thomas n'était pas dupe. Il avait pris connaissance du fait-divers par la presse. Je l'intéressai en lui avouant dans quelles circonstances c'est moi qui avais découvert le cadavre. Il m'écoutait avec une telle ferveur que ses traits en étaient terrifiants. Ses yeux brillèrent d'une étrange folie lorsque j'évoquai la plaie sanglante de son bas-ventre, les multiples cicatrices sur son torse. Je vis des larmes couler de ses yeux grand ouverts. Je ne crois pas qu'il pleurait. Ou alors des larmes de jubilation intérieure.

J'étais mal à l'aise. Je voulus changer de sujet. Je parlai du TRIO et combien je trouvais amusante l'idée de baptiser TRIO un quatuor de bons copains... Puis je lui demandai s'il était resté en contact avec eux, s'ils se voyaient encore...

– Tous les samedis soir, on va guincher en boîte, on drague les filles et on leur achète des pommes d'amour ! Il éclata à nouveau de rire et fut saisi d'une toux violente. Des glaires obstruaient sa gorge. Epuisé, il se rejeta en arrière sur ses oreillers. Il respirait avec difficulté. Yeux fermés, bouche ouverte, il grimaçait de douleur.

– Suffit, maintenant. Vous l'avez assez fatigué.

C'était sa mère. D'un geste du bras, elle me fit signe de quitter la chambre. En me retournant je vis sur le mur opposé au lit une grande affiche proclamant « Strasbourg et Bethléem, Capitales de Noël » L'affiche représentait trois angelots, cul nu et ailes dans le dos qui regardent l'étoile.

Je ne sais pourquoi, mais la présence de cette affiche me sembla incongrue et l'allusion finale à la pomme d'amour me troubla. Inutile cependant d'insister. Je n'en tirerais plus rien. Une chose était sûre, ni les deux vieux ni Thomas, vu leur état physique, ne pouvaient être soupçonnés du crime de l'ancien pion. Mais pourquoi Thomas avait-il mentionné la pomme d'amour ? Simple hasard ? A ma connaissance aucun journal n'avait révélé ce détail insolite.

La mère resta au chevet du malade. De retour dans la cuisine, je tentai de faire parler le vieil Antoine. Dans un premier temps, il se contenta de confirmer : « C'est le SIDA, oui. Une saloperie. En phase terminale. Il n'y a plus... ».

Il alluma une nouvelle cigarette et aspira longuement la fumée. Il se laissa tomber sur une chaise. Sans demander son autorisation, je m'assis face à lui et je le regardai fixement avant de poser la question :

– C'est vous qui aviez porté plainte, en 1994, contre Robert Herrkommen ?

– Non, c'est moi, dit la vieille dans mon dos.

Je ne l'avais pas entendue revenir. Elle avait repris sa place devant l'âtre.

– Et aujourd'hui, six ans après, que pensez-vous de sa mort affreuse ?

La vieille ramassa sur le sol une brindille qu'elle lança sur le feu. Sans me regarder, d'une voix sèche et dure, elle répliqua :

– Mort affreuse, dites-vous ? Mais toutes les morts sont affreuses, Monsieur ! Et plus affreuses encore certaines vies !

– Croyez, Madame, que je compatis à la douleur de votre fils et...

– Gardez votre compassion, Monsieur. Thomas n'en a plus besoin. Son voyage est presque fini... Mais moi, que vais-je devenir ? A quoi tout cela a-t-il servi de le nourrir quand il était petit, de le veiller quand il était souffrant, de se saigner aux quatre veines pour lui payer des études, pour en faire un Monsieur ? A quoi cela a-t-il servi ? Vous vous en foutez, n'est-ce pas ? Tout le monde s'en fout !

Le vieux toussota. Son visage révéla une gêne, la honte, celle que peut inspirer parfois le lapsus d'un proche. Surtout lorsqu'il révèle une vilenie. Il se pencha pour sortir deux verres du buffet. Il les posa devant nous.

– Vous voulez un schnaps ?

J'acquiesçai de la tête. Un coup de gnôle me fera du bien et puisqu'ils ne me mettaient pas à la porte, j'avais encore une chance d'en savoir davantage.

J'insistai :

– Ce Robert Herrkommen, vous ne l'aimiez pas beaucoup ?

Le vieux eut un sourire vague.

– Ce n'est rien de le dire, ajouta-t-il en haussant les épaules et il s'envoya une forte lampée de schnaps.

– Vous voulez bien me raconter ?, quémandai-je.

– Je n'ai rien à vous raconter, dit-il.

Ses lèvres tremblaient mais il gardait son sang-froid. Inutile de tergiverser, il me fallait y aller franco, appuyer là où ça peut faire mal, là où j'avais peut-être une chance de provoquer une réaction :

– Je suis sûr que vous savez plein de choses sur la mort de ce type.

– Je vous sers un autre schnaps ?

Je le sentis tendu. Plus le temps de finasser. Je lançai :

– C'était bien une ordure, ce type ? Et vous le haïssiez ?

– Je vous ai demandé si vous vouliez un autre verre.

– Oui, dis-je, par lassitude en le regardant droit dans les yeux.

Il me reversa une généreuse rasade de mirabelle et, au moment où je ne l'attendais plus, il lâcha :

– Une ordure, oui, un salaud. Il n'a eu que ce qu'il méritait. Et ce n'est pas fini, menaça-t-il, il y en a d'autres qui vont payer ! Il tremblait de colère trop longtemps contenue. Il pleurait et criait à la fois.

Pendant tout ce temps, la vieille fixait le feu. Par moments, elle y jetait des objets divers qu'elle ramassait au sol ou sortait de la poche de son tablier : Brindilles, coquilles de noix, pommes de pin, morceaux de carton ou de caoutchouc. Elle les regardait fondre ou se consumer en dégageant des odeurs diverses. La vieille ne craignait pas la fumée. Ses yeux ne pleuraient pas. Elle se leva, posa les mains sur les épaules du vieux et d'un geste autoritaire du menton, elle me montra la porte en m'intimant l'ordre de déguerpir.

Le chien grogna. Je me levai. Arrivé à la porte je dis :

– Si vous savez des choses, et je suis persuadé que vous en savez beaucoup, en vous taisant, vous devenez complices du tueur. Cela ne vous gêne pas ?

– Non.

Leur réponse commune claqua comme le coup de marteau d'un commissaire-priseur. Adjugé. Inutile d'insister.

Je n'étais pas mécontent de quitter cette maison. J'éprouvais un malaise que j'avais du mal à définir et, je ne sais pourquoi, l'image de la Mort s'imposa à mon esprit. La Mort avec un grand M. Je la vis, implacable et pâle, prête à faucher ces trois êtres misérables. Je la vis, ricanante et sournoise brandir la clepsydre du temps comme si elle leur accordait un ultime sursis. Pour faire quoi ? Je grelottai.

La température extérieure avait chuté de plusieurs degrés et le vent s'était levé. Soufflant depuis le col du Donon sans rencontrer de résistance, il avait verni la neige. Elle crissait sous mes semelles et je m'enfonçai plusieurs fois avant d'atteindre ma voiture. A mains nues (j'avais oublié d'emporter des gants) je déblayai l'épaisse couche qui la recouvrait. Par miracle ou en raison d'une vieille complicité, la R18 démarra au deuxième essai. Et ce fut un autre miracle qui me permit d'atteindre Le Mont sans verser dans le fossé ou m'enfoncer dans une congère.

Naïvement, je m'imaginais être arrivé au bout de mes peines en atteignant la départementale. Le chasse-neige n'avait pas passé. Le camion de sablage non plus. Aussi longtemps que la route était plane et à condition de rouler au pas, mes pneus remplissaient leur office. Dès qu'elle s'élevait un peu, je dérapais, chassant des roues arrière. La route, fort heureusement était déserte, dans les deux sens. Je mis plus d'une demi-heure pour atteindre le village de Belval au pied du col du Hantz. Je dus me rendre à l'évidence : jamais je n'arriverai à grimper là-haut tant que les Ponts et Chaussées n'auraient pas fait leur travail. Au milieu du village, sur la gauche, une enseigne clignotait faiblement « Restaurant-Hôtel ». J'étais momentanément sauvé.

L'escapade prévue d'une demi-journée se prolongeait et je risquais fort de ne pas être à mon poste demain matin. Il convenait d'en informer le Proviseur.

Chapitre 16

Situé en bordure de la route départementale, en plein virage, face aux ruines d'une ancienne usine textile, l'unique hôtel-restaurant s'enorgueillit du nom de « Belle Vue ». Plus qu'au site, cette enseigne fait certainement référence au décolleté vertigineux de la serveuse. En l'absence de sa clientèle habituelle de chauffeurs-routiers ou de représentants de commerce, elle m'offrit généreusement l'exclusivité du coup d'œil sur une gorge profonde dont les globes opulents n'avaient d'égales que les hémisphères rebondis de sa croupe.

Son sourire fardé à la truelle était plus large que la tranche de rôti de porc qu'elle me servit accompagnée d'un fagot de haricots verts filandreux et de quelques patates trop cuites. Il s'élargit encore lorsque je me décidai à prendre une chambre pour la nuit.

– Je vous prépare la plus belle, minauda-t-elle. Le chasse-neige ne passera pas avant demain matin. C'est plus prudent.

Il me parut prudent, en effet, de fermer ma porte à double tour. Ce n'était sans doute qu'un fantasme de mâle prétentieux, mais il me semblait que la ravageuse soubrette n'était pas insensible à mon charme. Ce soir, je n'avais pas la tête à la bagatelle. Trop de pensées se bousculaient sous mon crâne. En outre sa silhouette et ses rondeurs me rappelaient trop les manières de chatte en chaleur d'une certaine Lisa... Merci. J'ai déjà donné.

Depuis ma chambre, j'appelai le proviseur. Je lui expliquai ma situation, l'impossibilité de continuer ma route et mon plus que probable retard demain matin. Non seulement, il ne me fit aucun reproche mais je sentais au ton enjoué de sa voix qu'il m'encourageait à continuer mes investigations tant cette enquête l'émoustillait.

– Mais non... mais non... je vous en prie... mais vous me raconterez... n'est-ce pas ?... dès que... Je vous remercie d'avoir... d'autant plus que j'ai, moi aussi, deux informations à vous... deux... une bonne et...

– Une mauvaise, complétai-je.

– Pas forcément... je ne pense pas vraiment... mais...

J'en avais vraiment ma claque de l'entendre louvoyer, pour se rendre important, jouir des mots comme de friandises. J'avais envie de lui crier : « accouche ! » Au lieu de cela je formulai poliment :

– Si vous voulez bien, Monsieur le Proviseur, nous commencerons par la seconde ? La moins bonne ?...

– Voilà. depuis ce matin... en fait le premier appel devait se situer aux alentours de... oui, c'était un peu après la récréation de... la grande... et puis deux ou trois fois jusqu'à midi... et puis enfin, dans le courant de l'après-midi, il s'est déplacé lui-même... Quel bel homme ! ma foi...

– De qui parlez-vous ?

J'avais élevé la voix tant il m'exaspérait. Il pérorait depuis cinq minutes et je ne savais toujours pas de qui il parlait. Encore moins ce que cet inconnu me voulait. A l'autre bout du fil, le proviseur eut comme un hoquet et puis il confirma ce que je craignais. Le Commissaire Principal Victor Meister « Quel bel homme, ma foi ! » avait cherché à me joindre téléphoniquement à plusieurs reprises. Il s'était même déplacé jusqu'à Illkirch pour me rencontrer. Il avait des informations « de la plus haute importance » à me communiquer. Je devais, dès mon retour et quelle que soit l'heure, l'appeler à son numéro de portable au...

Pour me communiquer le numéro, le proviseur avait pris une voix de conspirateur ; il crut même bon d'ajouter :

– C'est confidentiel... strictement... le numéro...

– Juré ! Le numéro se détruira instantanément dans ma mémoire dès que j'en aurai usé, énonçai-je en imitant le feuilleton « Mission Impossible ». Et puis, comme il ne réagissait pas à l'autre bout, je questionnai :

– Et la bonne nouvelle ? Je vous serais reconnaissant de me la communiquer. J'en ai bien besoin après une journée aussi harassante.

– Mais bien sûr... bien sûr... où avais-la tête ? Certainement... la bonne nouvelle... enfin je l'espère, c'est que Fernande... je veux dire Mademoiselle Chapirac, ma petite-nièce, est de retour à Illkirch... Elle vous attend chez vous, je me suis permis de lui donner les clés de votre... j'espère que j'ai bien fait et que...

– Vous avez très bien fait, Monsieur le Proviseur. Mes respects.

Je raccrochai le combiné avec tant de vigueur que la lampe de chevet posée à côté du socle s'éteignit brusquement. Pour une bonne nouvelle ! Tu parles ! Je fulminai. Ainsi donc mademoiselle Fernande Chapirac, en ce moment-même, était dans mon appartement, peut-être même dans mon lit, alors que je couchais à Belval dans un hôtel minable...MERDE ! J'avais poussé le mot de Cambronne autant par frustration qu'à cause d'une question essentielle qui soudain s'imposa à mon esprit : « Avais-je rangé chaussettes sales et slip pas propre, ce matin ? » J'étais persuadé du contraire. Tout devait traîner au pied du lit défait, comme à mon habitude... MERDE, MERDE, MERDE... Que devait penser Fernande ? Devrais-je l'appeler ? J'avais trop honte.

Appelons d'abord le « Cow-Boy » puisqu'il tenait tant à moi.

Il décrocha dès la première sonnerie.

– Et qu'est-ce que vous foutez à Belval ? Du bon temps ? Des sports d'hiver ? Vous n'avez pas assez de vacances comme ça, dans l'Education Nationale ? Et moi je galère à vous courir après...

Le Commissaire Principal Meister n'était pas content. Moi non plus. Le dialogue promettait d'être musclé. Je savais que plus je me montrerais calme et poli, plus je le ferais enrager.

– A ma connaissance, cher Monsieur le Commissaire Principal, j'ai déjà signé ma déposition et comme je ne suis ni coupable, ni suspect, je puis disposer de mon temps comme je...

– MERDE !, c'était son tour d'invoquer le célèbre général. - MERDE ! montez pas sur vos grands chevaux ! C'est un service que je vous demande. C'est bien vous qui me répétez sans cesse qu'il faut travailler ensemble !

– Je vous écoute. En quoi un fainéant de l'Education Nationale peut-il vous être utile ?

Le « Cow-Boy » fit un effort surhumain pour ne pas exploser. Il déglutit plusieurs fois avant de reprendre un semblant de calme.

– Persil a disparu.

– ...

– Oui, quoi, merde, Cerfeuil, la petite pédale a disparu. Il ne s'est pas pointé ce matin au collège de Schiltigheim. Il n'est pas non plus à l'hôtel dont il nous avait donné l'adresse. Disparu. En laissant des traces, cependant. Les scellés posés sur la porte du logement de Herrkommen ont été brisés hier soir et la vieille voisine est sûre d'avoir aperçu le boxeur sortir de la villa avec deux valises au bout des bras. Rien pourtant ne semble avoir disparu de l'appartement. Même pas les fringues du Réunionnais. Vous voyez, ce pédé nous a bernés. Vous comme moi. Vous, vous l'avez cuisiné longuement. Je suis persuadé qu'il vous a raconté des trucs...

– Vous me soupçonnez de faire de la rétention d'informations ?

– Mais non, mais parfois il y a des trucs qui, dans un premier temps, peuvent échapper... On ne sait jamais....A ce propos, j'aimerais bien savoir pourquoi vous avez voulu visiter tout l'appartement de la Robertsau. Je vous connais trop. C'est pas le raffinement de la décoration qui vous intéressait. Vous aviez bien une idée derrière la tête ?

– Un doute. Simplement un doute. Je veux bien, cher Monsieur le Commissaire Principal vous en faire part, mais auparavant dites-moi où vous en êtes de l'enquête. De NOTRE enquête.

Je le tenais à ma merci. Il ne pouvait éluder mes questions. Visiblement il était à bout. L'enquête piétinait et ses supérieurs devaient le harceler. Il se raccrochait au moindre indice, à la moindre piste, au moindre doute. Il ne fit aucune difficulté pour me faire part des dernières recherches. Toutes infructueuses pour l'instant. Les renseignements recueillis sur Honoré Cerfeuil, sur son lieu de travail ou dans son club de boxe n'avaient apporté aucun élément nouveau.

Les empreintes relevées sur les boîtes de bonbons et sur le cadavre de Herrkommen étaient les mêmes mais ne correspondaient à aucune empreinte répertoriée dans le fichier de la police.

La police allemande de Kehl et d'Offenbourg avait été sollicitée. Avec un portrait-robot de l'homme à la Mercedes et aux nombreuses autres voitures. Leurs recherches s'orientaient vers le milieu des garagistes, des revendeurs. Sans succès pour l'instant.

– J'ai été informé par mes collègues allemands que la commissaire Chapirac, spécialiste des affaires internationales, serait sur place dès demain matin pour accélérer et faciliter la collaboration transfrontalière. La commissaire Chapirac, ça doit vous réjouir ? Non ?

Je me gardai de lui révéler que la commissaire Chapirac, à cet instant précis, devait coucher dans mes draps. (Quand les avais-je changés pour la dernière fois ?). Pour ne pas avoir à répondre à sa question indiscrète, je préférai en revenir au sujet principal de notre dialogue.

– Si vous vous souvenez, Robert Herrkommen, en même temps que pion, était étudiant en informatique. Son ami Honoré Cerfeuil avait été recruté récemment comme aide-éducateur pour initier les élèves aux nouvelles technologies. Or, dans leur appartement de la Robertsau, je n'ai vu nulle part le moindre ordinateur. J'ai trouvé cela curieux pour des types de leur génération alors que, par ailleurs, ils avaient un équipement audio-visuel haut de gamme.

– Et c'est pour cela que vous avez tenu à visiter leur appartement de fond en comble ?

– Je voulais en avoir le cœur net. Cependant, et pour reprendre votre expression, monsieur le commissaire, ni moi, ni vous, à ma connaissance, ne l'avons visité de FOND en COMBLES !

Après un long moment de silence, troublé uniquement par les bruits de friture de la ligne, j'entendis rugir le mastard :

– Bon sang, mais c'est bien sûr ! Je n'y aurais jamais pensé. Je crois effectivement qu'une visite plus approfondie des lieux s'impose. Je demande un mandat de perquisition au Procureur et je fonce. Bien sûr que je vous tiendrai au courant ! Faut collaborer, vous l'avez toujours dit ! Tchao.

Il était bien trop tôt pour dormir. Je faisais les cent pas entre le lit, le téléphone et la fenêtre. Les mêmes questions me turlupinaient sans cesse : qu'avais-je fait de mes chaussettes sales ? N'aurais-je pas mieux fait de révéler à Meister ma participation au conseil de discipline ? Aurais-je dû lui parler du TRIO ? Ne ferais-je pas mieux d'en parler à mademoiselle Chapirac ? Mes draps ne sentaient-ils pas trop le bouc ? Quand les avais-je changés pour la dernière fois ?

Dehors le vent soufflait de plus en plus fort. Des bourrasques de gros flocons tourbillonnaient dans le cône lumineux de l'unique réverbère de la place. Un peu de neige sur un coin de route départementale, une lumière dans la nuit et voilà le paysage le plus banal transformé en site de carte postale. C'est sans doute ça, la magie de Noël, pensai-je. Dommage qu'elle ne puisse pas opérer à distance pour blanchir le linge sale !

Oh, et puis zut ! Tant pis pour les chaussettes ! J'appelai chez moi. Après trois sonneries, elle décrocha.

– Est-ce dans vos habitudes de poser des lapins aux dames ?

Elle plaisantait mais je crus déceler un brin d'irritation dans la voix. Elle écouta cependant avec attention le récit de mon escapade vosgienne et très vite la fliquette prit le dessus sur la minette :

– Rappelez-moi le nom de ce jeune Thomas ?

– Bernoit. Thomas Bernoit, habitant Le Mont, département des Vosges.

– Et les prénoms de ses camarades d'internat ?

– Raoul, Ismaël et Oscar. Avec le T de Thomas, leurs initiales forment TRIO.

– Et quel est le nom de ce prof de lettres qui témoigna en sa faveur ? Comment dites-vous, Montalski ou Michkolowski ? Pensez-vous qu'il puisse exister un lien entre notre affaire et ce conseil de discipline vieux de six ans ?

Je lui avouai ma perplexité. Mon départ vers le lycée de Rothau répondait à une intuition plus qu'à une décision raisonnée. Je n'avais aucune idée de ce que je voulais découvrir là-bas ni, plus tard, chez les Bernoit. Je n'avais d'ailleurs rien découvert sinon que ce Robert Herrkommen n'avait pas que des amis. A six ans d'intervalle, le si « chentil » Pascal en parlait encore avec un certain ressentiment. Quant aux Bernoit, leur haine à son égard ne faisait aucun doute.

– Vous les croyez coupables ?

– Non. Pas directement. C'est impossible, vu leur état physique. Et pourtant...

Je m'interrompis. J'étais incapable de formuler le malaise que j'avais éprouvé au contact de ces trois moribonds. Il paraît que l'Amour, le vrai, quand vous le rencontrez, peut vous foudroyer. Moi, j'avais rencontré la Haine, la vraie. Et j'étais bouleversé.

– Et pourtant ?...

– Je préférerais vous en parler de vive voix, murmurai-je, désemparé. J'aurai grand plaisir à le faire dès mon retour.

– Tout le plaisirrr serrra pourrrr moi, ronronna-t-elle au bout du téléphone. Je vous embrrrrasse surrr la bouche. Bonne nuit !

Quel tempérament !, pensai-je en raccrochant le combiné.

En me glissant entre les draps, je trouvai qu'ils étaient froids et sentaient le moisi.

Chapitre 17

Il boit une gorgée de jus d'orange et il en coule un peu sur son menton. Il regarde fixement, droit devant lui, les yeux creux au fond desquels brille la haine.

Il voit la lame du cutter étinceler sous la lumière vive du projecteur et le sang s'écouler lentement, en longs filets noirâtres, le long du torse haletant.

Il retient son souffle. La faible pression exercée par la main décharnée est à peine perceptible et le temps se fige. Il est Dieu, maître de l'éternité. Il est Dieu, doué d'ubiquité. Comme dans un très long travelling, sans même bouger son regard, il est la victime, il est le bourreau.

... le sang s'écoule, en longs filets noirs et gluants, le long du torse haletant...

Il voit.

Il entend.

Puzzle d'images et de sons.

Il scrute.

Sans bouger.

Comme une pulsion voyeuriste.

Comme un rêve éveillé et conscient.

Champ.

Contre-champ.

Gros plan.

Gros plan.

Sang.

Sang.

Abandon,

Solitude,

Manque ou impuissance...

Quelle est donc la nature de ce désir qui le pousse à s'enfermer, des heures durant, dans sa chambre aux volets clos où s'agitent sur l'écran de la télé ces ombres fugitives et mouvantes ?

Régression consentie et volontaire,

trouble glauque,

émois et remords,

Que va-t-il chercher là ?

Alors, il se transforme,
Le sang afflue autour de ses pommettes livides.
L'œil halluciné et vif, les lèvres serrées sur des mots tranchants comme des lames, il répète :
– Crève !... Crève, mon salaud !... Crève...
Ordure ! Je voudrais t'étrangler de mes propres mains...
Merci de te voir souffrir, de te voir trembler, de te voir crever...
Merci de t'entendre supplier, de t'entendre pleurer, de t'entendre hurler...

Jamais, jamais, je n'oublierai ce que tu m'as fait...
Jamais !... Il faut que tu paies, pour moi,
pour tous les autres...
Je n'ai plus que ça, la vengeance.
Crève, mon salaud, crève !

Lorsque l'écran s'éteint, il éclate d'un rire étrange, à la limite du sanglot et de la toux. Il pleure et rit de plus en plus fort, épuisé et vivant, grimaçant son désespoir et sa folie entre ses larmes.

Puis, il se détourne et, longuement, vomit dans la cuvette à côté du lit.

La haine tombée ne laisse en lui que du vide et dans l'obscurité intérieure du remords silencieux, il sombre dans un sommeil terrifiant.

Chapitre 18

Bien avant l'aube, je fus réveillé par le bruit du chasse-neige. L'énorme engin grondait en raclant la chaussée, rugissait en rejetant la masse de neige sur le bas-côté, avant de repartir, marche arrière, marche avant, dans un cliquetis de ferraille. A sa suite, ils étaient une bonne dizaine. Les uns, armés de pelles, dégageaient le carrefour. Les autres, grimpés sur un camion, répandaient sel et sable sur la neige tassée dans laquelle l'empreinte des larges pneus avait dessiné d'étranges figures géométriques. Dans la lueur bleutée du gyrophare, le ballet de ces hommes vêtus de gilets orange fluorescents et coiffés de bonnets rouges avait quelque chose de fantasmagorique.

La serveuse, elle, en robe de chambre et bigoudis, avait tout d'une sorcière. Une de celles qui hantent les sombres forêts des alentours comme Lisa hantait autrefois mes cauchemars. Comme Mademoiselle Chapirac, cette nuit, hanta mes rêves les plus lubriques.

Hélas, elle n'était plus dans mon appartement lorsque j'arrivai enfin à Illkirch. Pas de chaussettes, ni de slip au pied du lit ! Ouf ! Les aurais-je effectivement jetés dans le panier à linge ? Par contre l'oreiller portait nettement, en creux, l'empreinte d'une tête et un long cheveu auburn attestait sans hésitation aucune de l'identité de la ravissante personne qui avait passé un moment sur cette couche alors que moi... Je soupirai. Que faire d'autre ?

J'étais en train de me raser dans la salle de bain, lorsque le téléphone sonna. C'était elle !

– Ah ! vous voilà rentré ? Venez-vite mon cher. Vous aviez raison !...

– Venir où ?

– Mais à la Robertsau, dans la maison de Herkommen !

– Mais j'ai du travail, moi, je dois...

– C'est arrangé avec tonton. Venez sans tarrrrder, mon cherrr...

Facile à dire. La montée sur l'autoroute était saturée. La circulation ralentie. C'est ainsi chaque fois qu'il y a une session au Parlement Européen. Capitale de Noël, Capitale de l'Europe, que voulez-vous, c'est la rançon de la gloire ! Bref, lorsque j'arrivai à la Robertsau, je trouvai une demi-douzaine de flics en uniforme en faction tout autour de la villa pour en interdire l'accès. A moi y compris. Le plus galonné d'entre eux m'informa que le commissaire Meister et ses collègues avaient précipitamment quitté les lieux suite à un appel radio. Il n'était pas autorisé à m'en dire davantage. Le commissaire s'excusait et me demandait de l'attendre.

Je me réfugiai dans la R18 pour être à l'abri du vent glacial qui soufflait par rafales. Au rez-de-chaussée de la maison d'en face, je vis bouger les rideaux : la voisine était en faction. Elle vivait par procuration. Une vie virtuelle, en somme. C'est l'expression savante utilisée de nos jours par les internautes et autres accrocs de « Loft Story ». Sauf que pour la vieille, la fenêtre donnant sur la rue remplaçait l'écran télé. Les hommes ont toujours été voyeurs.

Un taxi s'arrêta au bout de la ruelle puis repartit après avoir déchargé son client. Je n'y aurais pas prêté attention si l'homme, un escogriffe aux membres exceptionnellement longs, n'avait eu quelque peine à extraire puis à déployer sa carcasse. Vêtu d'un loden anthracite, un attaché-case à la main, il avait un port de tête altier, mis en valeur par une crinière argentée. D'une démarche raide et princière, il se dirigea vers la maison de Herrkommen. L'un des pandores leva une main pour signifier « Stop ». Le géant présenta des papiers. Avec un ensemble parfait, les deux policiers secouèrent la tête pour dire « Non ». Le géant agita ses bras immenses comme des ailes de moulin. Visiblement le ton montait et je vis accourir le sous-officier. Je baissai la vitre de ma portière et je pus saisir quelques bribes. Le géant, c'est le cas de le dire, le prenait de haut. Il s'exprimait avec un très léger accent germanique qui aiguisait encore davantage le ton sec et coupant de sa voix.

Il menaçait :

– Je me plaindrai à mon consulat... – Vous aurez de mes nouvelles... Saisir la Cour de Justice des Communautés Européennes...

Il exigeait :

– Parler à un officier... Pénétrer chez moi sans plus tarder...

J'en conclus qu'il devait s'agir du dénommé Egon Geloffener, citoyen allemand et propriétaire de la villa. J'en eus confirmation lorsque le sous-officier, à l'aide de son talkie-walkie, entra en communication avec le commissaire Meister :

– Venez vite, Monsieur le Commissaire Principal. Ce monsieur est très énervé. Il dit qu'il est député européen... qu'il va se plaindre... je ne sais pas quoi faire, moi !

Député européen ! Le dénommé Egon Geloffener en avait l'arrogance orgueilleuse, cette suffisance indicible de beaucoup d'élus qui, sous prétexte qu'ils font les lois, se croient au-dessus d'elles et de leurs modestes serviteurs. J'étais curieux de voir comment le « Cow-Boy » allait affronter ce faraud prétentieux.

Je n'eus pas longtemps à attendre. Cependant, au lieu de Meister, ce fut Chapirac qui arriva dans une voiture bleue à cocarde. Quel tempérament ! Et quelle maestria ! Sans se départir un sèul instant d'un sourire ravageur, sans élever la voix, toute en grâce féline, elle dompta le plastronneur. Il se cassa en deux pour la saluer et, dans le même mouvement, se glisser dans la voiture bleue qui l'emporta au loin.

– Qu'attendez-vous pour démarrer, mon cher ?

Elle avait déjà pris place à mes côtés, dans la R 18. Dans le geste qu'elle fit pour rajuster son chignon, elle bomba sa poitrine avantageuse dont la perfection des formes suffit à me bouleverser.

– Le Château de Pourtalès, vous connaissez ?

Je connaissais. Entre serres et jardins maraîchers déserts en cette saison, la rue Mélanie serpente avec nonchalance.

– Arrrrêtez là !

J'eus à peine le temps de m'exécuter que ma fougueuse passagère se pendit à mon cou pour m'embrasser goulûment. Chacun sait qu'il ne faut jamais s'opposer aux forces de l'ordre ! Trop surpris et trop content de ne pas avoir à prendre l'initiative, je laissai faire. Et elle fit bien.

– Je vous interrrdis, à l'avenirrrr, de me poser un lapin ! O.K. ?

– Promis !

– Vous ne perdez rien pour attendre ! Mais d'abord le boulot ! Il y a du nouveau. En partie grâce à vous, mon cher.

Tout en essayant de reprendre mon souffle, je remis le moteur en marche. Mademoiselle Chapirac me fit un bref résumé des événements de la nuit. Et du matin.

Sur mes conseils, elle et Meister étaient retournés à la villa de la Robertsau. Cette fois, pour la visiter de fond en COMBLE. De la cave au grenier, ils avaient tout fouillé. Tout, sauf l'appartement du premier, celui de Geloffener.

Heureusement, car on n'avait pas de mandat ! Le député Gelofffener en aurait fait tout un foin !

Et c'est sous les combles, justement, qu'ils avaient découvert une chambre mansardée, louée par feu Herrkommen.

– Je lui ai rabattu son caquet, au député, quand je lui ai fait remarquer qu'il avait, au téléphone, oublié de nous signaler l'existence de cette mansarde. Sans cette omission, on gagnait beaucoup de temps. On a eu du mal. La porte était blindée. Et derrière la porte blindée...

– Et derrière la porte blindée ? Qu'y avait-il derrière la porte blindée, Madame la Commissaire ?

– Un studio avec un grand lit, des paravents, des tentures, et, surtout, il y avait ce que vous pressentiez, mon cher : un équipement informatique ultra sophistiqué ; deux ordinateurs, des caméras, des bancs de montage, des lecteurs de DVD, des graveurs, des dizaines de cassettes et de disques vierges, etc... Malheureusement...

– Malheureusement ?

– Les unités centrales ont été minutieusement démontées. On a retiré les disques durs, les cartes-mères détruisant ainsi toute mémoire...

– Cerfeuil ? Vous pensez que c'est lui ?

– Je le crains en effet.

– Ce petit fumier ! Il s'est bien gardé de m'en parler. Il faudra lui demander pourquoi, quand vous l'aurez retrouvé.

– On l'a retrouvé.

– Bravo ! Et que dit-il ?

– Rien, mon cher. Il ne parlera plus jamais.

Machinalement, je relâchai la pression du pied sur l'accélérateur. Comme si j'avais voulu m'accorder quelques instants de sursis. J'appréhendais déjà la vision qui nous attendait.

Nous arrivâmes à l'orée du parc qui entoure le château de Pourtalès. Un motard barrait la route. Plus loin, on s'agitait autour d'une ambulance. Des policiers, certains en tenue, d'autres en civil, fouillaient le fossé et les buissons bordant la route. A côté d'une voiture, je reconnus Meister et son adjoint qui s'entretenaient avec un jeune homme en survêtement rouge qui tenait en laisse un setter irlandais aussi roux que Mademoiselle Chapirac.

– Le voilà qui passe, dit-elle en suivant du regard l'ambulance qui, précédée du motard, prenait la route de Strasbourg. C'est le gars, là-bas, avec son chien qui l'a trouvé, il y a une heure, en faisant son jogging.

– Est-il... ?..., je n'osais formuler la question.

– Mort. Oui. Assassiné. Une balle en plein cœur.

Le « Cow-Boy » se dirigeait vers nous. Hirsute et mal rasé, il semblait de plus en plus furieux. Il ne m'accorda qu'un bonjour distrait avant de s'adresser à sa collègue :

– Rien. Nib. Nada. Que dalle, fit-il en frottant de son pouce sa lèvre inférieure. Le jogger n'a rien vu. C'est son clébard qui a flairé le macchabée. D'après les premières observations du toubib, la mort remonterait à plus de vingt-quatre heures.

– Donc assez peu de temps après sa disparition, conclut mademoiselle Chapirac. A-t-il été... ?

– Non. Ni châtré, ni, à première vue, torturé. Et vous, qu'avez-vous appris de Monsieur le député Geloffener ? Vous l'avez calmé ?

– Un. C'est le propriétaire de la maison, outré que l'on puisse lui interdire l'accès ou qu'on lui pose des questions sur Herrkommen. « Un locataire qu'il connaissait à peine, qui payait régulièrement son loyer », d'après lui.

Deux. Il est effectivement député européen ainsi que député au Bundestag. Depuis que cette assemblée siège à Berlin et non plus à Bonn, il ne vient à Strasbourg que très occasionnellement.

Trois. S'il connaissait l'existence de la mansarde, il prétend n'y avoir jamais mis les pieds, ni jamais su à quoi son locataire l'utilisait. A vérifier.

Quatre. Je l'ai prié de passer au commissariat vers 16 heures.

Cinq. Fin du rapport.

Le commissaire Meister balayant la poussière de la chaussée avec son galure aux formes avachies, esquissa une révérence devant sa collègue.

– Parfait, dit-il. Parfait. Un vrai plaisir de travailler avec vous, chère amie.

Ma parole, pensai-je, il la drague ! J'ai intérêt à me montrer vigilant. D'ailleurs voilà le rustre qui s'incline une nouvelle fois devant la belle et l'invite à prendre place dans sa voiture.

– Après vous, Fernande. Je vous propose de poursuivre nos investigations et de retourner à cette mansarde.

– Bonne idée, Victor. Mais si vous permettez, je monte avec monsieur Lemmy. Vous ne voyez pas d'inconvénient à ce qu'il nous accompagne ? Nous lui devons une fière chandelle !

Le regard que me lança le Cow-Boy avait perdu toute aménité. Mine de rien, je détournai nonchalamment mon regard pour suivre dans le ciel un vol de corneilles...

Chapitre 19

Dans la mansarde spacieuse, trois individus munis de gants s'activaient encore. Deux policiers en uniforme achevaient de ranger dans des cartons les moniteurs, caméscopes et autres lecteurs trouvés sur place.

– On n'en tirera pas grand chose, Monsieur le Commissaire, grommela l'inspecteur adjoint. Ils ont été démontés. Comme si on avait voulu nous empêcher d'avoir accès à leur mémoire.

– A moins, suggéra mademoiselle Chapirac, qu'on ait voulu justement récupérer cette mémoire pour l'utiliser ailleurs. Mais à quelles fins ?

– Je m'en fous, rugit Meister, toutes ces conneries d'informatique ou d'internet je n'y comprends rien. Si on n'avait pas relâché cette petite pédale de Persil, on n'en serait pas là et lui serait encore en vie...

En disant cela, Meister, furibond, me fixait droit dans les yeux comme s'il me considérait responsable de ce qui venait d'arriver.

– Je vous l'avais toujours dit que c'était une affaire de pédés, de rivalité amoureuse. Va falloir trouver le troisième larron, le jaloux. Vous en êtes où, chère collègue de vos recherches en Allemagne ?

– Les recherches se poursuivent auprès des garagistes. A part la description sommaire donnée par la voisine, nos collègues allemands disposent de peu d'éléments pour avancer. Et vous, cher collègue, avez-vous pu identifier ce professeur Michalsky ou Michalevsky ?

– Qui c'est encore que celui-là ? Ah, oui c'est le nom que vous m'avez donné tantôt ? Figurez-vous, ma chère que, la nuit, j'ai d'autres « Miches » à m'occuper ! Et il éclata d'un rire plus gras qu'un baril de pétrole brut. Et d'ailleurs, d'où vous le sortez ce nom ? A peine arrivée en Alsace et vous avez déjà un indic ? Il n'habiterait pas Illkirch, cet indic anonyme ?

Heureusement que je tournais le dos à cet instant pour admirer de plus près un caméscope XL 1 de chez Canon. Meister ne me vit pas rougir.

Mademoiselle Chapirac garda le silence. L'Inspecteur adjoint en profita pour toussoter afin d'attirer l'attention de son supérieur :

– Hum... si je pouvais, Monsieur le Commissaire...

– Accouchez, mon vieux, accouchez. Vous pouvez tranquillement parler devant madame la commissaire... et devant Monsieur, ajouta-t-il excédé.

– Nos hommes ont relevé de nombreuses empreintes et procèdent actuellement à leur examen. Déjà, nous pouvons dire que les plus nombreuses sont celles des deux morts. Herrkommen et Cerfeuil. Pour les autres...

– Pas sûr qu'elles figurent à notre fichier. Ce qui m'intéresserait ce serait de savoir si notre député... Faudra qu'on se démerde, ce soir, pour récupérer ses empreintes sans qu'il s'en aperçoive, marmonna le Cow-Boy avec la mine d'un conspirateur roublard.

– Nos hommes ont également emporté une cinquantaine de cassettes et de disques vidéo, apparemment vierges ainsi que les bonbons pour examen au laboratoire.

– Quels bonbons ? Meister et Chapirac avaient posé la question en chœur avec une telle vigueur que l'Inspecteur adjoint perdit toute contenance. Ses yeux roulaient. Sa poitrine s'agitait lorsqu'il balbutia :

– Ben, c'est après votre départ, Monsieur le... Madame la... on a trouvé dans ce placard deux grands cartons contenant des bonbons multicolores, en sucre soufflé, qui on la forme d'un bébé emmailloté...

– Des p'tits Jésus, souffla mademoiselle Chapirac.

– Comme les boîtes contenant les... On a à faire à un vrai cinglé ! Ce Persil est totalement détraqué,...

– Etait..., le reprit sa collègue.

– Quoi, était ?... Ah, oui, bien sûr, puisqu'on l'a trucidé à son tour... Et la faute à qui ? Hein ? La faute à qui si on l'a relâché avant de l'avoir pressé comme un citron ? La faute à qui ?

Meister tournait dans la pièce comme un fauve en cage. Chaque fois qu'il passait devant moi, il marquait le pas et me fixant des ses yeux globuleux injectés de sang, répétait : « La faute à qui ? Hein ? »

Mademoiselle Chapirac, fermement, vola à mon secours : « Certainement pas de la faute à Monsieur Lemmy. Ne soyez pas injuste, Victor. Vous n'aviez aucun élément suffisant pour prolonger la garde à vue de Cerfeuil. Et si nous avons découvert cette mansarde, nous le devons bien à notre ami. »

Elle avait, de manière insistante, appuyé sur le mot « ami ».Meister maugréa des sons incompréhensibles qui traduisaient mieux que de longues phrases sa fureur à peine contenue. Puis il tourna les talons et s'adressant à sa collègue, et uniquement à elle, il proposa :

– Je vous emmène à l'usine ?

– Merci, Victor. Je vous y retrouverai à 16 heures pour écouter le député Geloffener. En attendant...

Le cow-Boy ricana.

– En attendant, on préfère rester avec notre « ami » ?

– Je n'ai pas de comptes à vous rendre, cher collègue. Sachez cependant que je vais de mon côté prendre contact avec nos collègues de Kehl pour accélérer les recherches de l'autre côté du Rhin. Et je suppose que notre « ami », Monsieur Lemmy, a lui aussi de quoi s'occuper à son lycée.

Elle me prit par le bras. M'accompagna jusqu'à ma voiture.

– A ce soirrr..., souffla-t-elle tout contre mon oreille. Et pas de lapin !

Au bureau, je me forçai à ouvrir mon courrier, à consulter ma page internet, à répondre au téléphone, tous ces gestes quotidiens qui avaient perdu toute signification. Je nageais dans une béate euphorie entretenue par ces trois mots « à ce soirrrr... » Je les répétais pour moi seul comme on répète le refrain d'une chanson pour mieux en goûter la mélodie.

Je quittai mon bureau dès la fin de la récréation. Je n'avais aucune envie de croiser monsieur le proviseur. Route de Lyon, je fis quelques achats indispensables : Foie gras, champagne, chocolats fins et même un énorme bouquet de fleurs. Je crois bien que, depuis le départ de Lisa, mon appartement de fonction n'avait plus jamais été fleuri. Je passai l'aspirateur. Je changeai les draps et les oreillers. Je briquai la salle de bain. Je...

« A ce soirrr... »

Dans mon délire le plus fou, jamais je n'aurais pu m'imaginer que je passerai une soirée inoubliable... dans une cellule... du poste de police... Et seul encore une fois.

Chapitre 20

Je l'ai souvent constaté, c'est l'attente de l'événement, plus que les événements eux-mêmes qui vous mettent le plus en émoi. Est-il rien de plus agréable en ce bas monde que de s'allonger mollement sur son lit, de goûter, en sourdine, aux accords funky d'une musique cubaine alors que, doucement, la nuit envahit la chambre ? Et là, les yeux dans le vague, d'évoquer le souvenir d'un corps de femme avec plus d'acuité qu'on ne l'a jamais aperçu et de laisser, peu à peu le désir vous irradier ? J'aurais pu rester ainsi, rêveur et muet, dans cette extase presque parfaite que procure la certitude d'une arrivée imminente. L'enquête policière, les crimes abominables, tout cela passait au second plan.

Et quand retentit la sonnette de l'appartement, mon cœur crut défaillir de bonheur.

Je me précipitai.

La désillusion n'en fut que plus cruelle. Au lieu de la charmante commissaire tant espérée, c'étaient deux flics en tenue, plantés sur le seuil de ma porte, massifs et imposants, figés dans un salut compassé. Devant mon air ahuri, celui de gauche, le plus vieux, le plus ventru aussi, brandit sous mon nez un document barré de tricolore. Totalement abasourdi, je crus distinguer, se frayant un passage à travers la moustache fournie du plus jeune les mots « mandat d'amener - veuillez nous suivre sans opposer de résistance... »

Loin de moi l'idée d'opposer la moindre résistance aux forces de l'ordre, mais je n'avais, ce soir-là, précisément ce soir-là, aucune envie de quitter les lieux. Je tentai de leur expliquer qu'il devait certainement s'agir d'une erreur, que d'une minute à l'autre, madame la Commissaire Principale Chapirac, une amie, n'allait pas tarder à arriver...

– On connaît pas de commissaire Chapirac. Veuillez nous suivre.

– Si vous ne connaissez pas la Commissaire Chapirac, vous connaissez sûrement le Commissaire Principal Meister ? Victor Meister ? De la Brigade Criminelle de Strasbourg ? Un ami lui aussi !

– Un ami ? Ah, oui ?

Je crus déceler, derrière la moustache jaune, un sourire de la même couleur. Furtif, car tout aussitôt et d'un ton plus ferme, il répéta :

– Veuillez nous suivre. Et sans histoires !

Je protestai. J'argumentai. Je demandai un délai, l'autorisation de téléphoner à Meister, celle de prévenir le proviseur du lycée... ils répétaient inlassablement le même refrain :

– Veuillez nous suivre au commissariat. L'Inspecteur Divisionnaire Kappler, officier de police judiciaire vous signifiera les motifs de votre interpellation.

Alors, sans plus de ménagement, ils m'empoignèrent sous les aisselles pour me transporter jusqu'au fourgon cellulaire qui stationnait devant le lycée, puis, cinq minutes plus tard, pour me faire gravir les quelques marches menant au Bureau de Police de la rue des Sœurs à Illkirch.

L'Inspecteur Kappler, bien que nommé récemment, ne m'était pas inconnu. Une réception à la mairie, puis une séance du Conseil Communal de Prévention de la Délinquance nous avaient réunis auparavant. Il fit mine de ne pas s'en souvenir. Pourtant, je le sentais gêné aux entournures. C'est en détournant son regard et d'une voix neutre qu'il me donna lecture d'un fax :

– En tant qu'Officier de Police Judiciaire, dans le cadre du Code de Procédure Pénale, avec l'accord du Parquet et de l'autorité judiciaire et au nom du Procureur de la République, je vous place en garde à vue de vingt-quatre heures pour :

* entrave à l'action judiciaire dans le cadre d'une affaire criminelle,

* dissimulation d'informations relatives à l'enquête policière en cours.

Il marqua une pause. Pour reprendre son souffle. Pour me permettre de reprendre mes esprits.

– Veuillez, je vous prie, me donner votre ceinture ainsi que les lacets de vos chaussures, me demanda-t-il en veillant à compenser par la douceur de sa voix ce que cet ordre pouvait avoir d'incongru et de blessant. C'est le règlement, ajouta-t-il comme pour s'excuser en m'accompagnant jusqu'à une cellule d'isolement.

Quant à moi, j'étais sonné. K.O. debout. Voilà deux fois en trois jours que je me retrouvais en taule. Beau palmarès pour un Conseiller Principal d'Education ! De quoi faire sérieusement monter ma cote auprès des élèves et la baisser d'autant auprès de ma hiérarchie. Si je me retrouvais au chômage, je pourrais toujours éditer un guide des bureaux de police. Le « Pudlowski » des geôles et autres prisons de la République.

La cellule de la rue des Sœurs à Illkirch, je la classai dans la catégorie « 3 barreaux » pour le moins. Des murs gris et sinistres à souhait. Un bas-flanc étroit et dur scellé dans le béton. Deux couvertures aussi rêches qu'un gant de crin. Un seau hygiénique juste en face du judas grillagé. Seul le geôlier détonnait. Visiblement, tout cela le répugnait. Il esquissa même un semblant de sourire. L'absurde de la situation ne lui échappait pas. J'en profitai pour lui demander des précisions sur les motifs de mon interpellation et les raisons de cette garde à vue.

Je le crus volontiers quand il me jura ne pas connaître tous les détails. J'appris néanmoins que, par téléphone, le commissaire...

– Quel commissaire ?

– Je n'ai pas droit de vous le dire, murmura-t-il en baissant les yeux, confus. Mais le fax précise qu'il a obtenu l'accord du substitut du procureur pour faire procéder à votre interpellation. Votre garde à vue dans ces locaux est donc parfaitement légale.

– Mais que me reproche-t-on ?

– D'après le commissaire... auquel j'ai demandé des précisions par téléphone, il semblerait que vous ayiez omis de signaler à la Police que vous connaissiez et la première victime, Robert Herrkommen et le principal suspect des deux meurtres, un certain Michalowski.

– Qui ?

– Michalowski. Un professeur de français qu'on aurait identifié grâce à une enquête en Allemagne et que l'on recherche activement.

– Mais je ne connais pas ce Michalowski, protestai-je en haussant les épaules. A moins que... enquête en Allemagne, avait-il dit ?... professeur de français... et je l'aurais connu ?... En même temps que Herrkommen, alors ?...

Pendant une fraction de seconde, une douleur fulgurante embrasa mon estomac. Voilà bien longtemps que mon ulcère ne s'était plus réveillé. Je fermai les yeux pour tenter de me calmer. Pour essayer de réfléchir posément à ce que l'inspecteur Kappler venait de me dire.

Ainsi donc l'homme à la Mercedes, l'ancien supposé petit ami de Herrkommen, que nous pensions de nationalité allemande, était, lui aussi, fonctionnaire de l'Education Nationale. Prof de lettres.

J'étais sûr d'une chose : je n'avais jamais côtoyé un professeur s'appelant Michalowski. Dans aucun des établissements où j'avais exercé. Je pouvais, bien entendu, l'avoir croisé brièvement lors d'une des nombreuses réunions en tous genres dont notre administration est friande. Mais cela ne saurait, en aucun cas, justifier une garde à vue.

Par contre, et l'hypothèse me semblait hélas vraisemblable, nous avions sans doute participé à un même conseil de discipline. Celui de Robert Herrkommen, le pion du lycée de Rothau. Moi, en tant que représentant de l'Administration, lui comme témoin. Michalowski ne serait autre que ce fameux prof qui avait défendu le pion avec chaleur et conviction malgré les charges qui pesaient sur lui.

Retour à la case départ. Aussi absurde, aussi extravagante que paraisse cette conjecture, tous les protagonistes de cette effroyable tuerie, nous ramenaient à ce maudit conseil de discipline. Comment Meister l'avait-il appris ?

En épluchant les dossiers administratifs ? Possible. Et comme je m'étais gardé de lui en parler, me voilà dans de beaux draps. Même si cette expression n'était guère adaptée à la situation présente.

Car dans mon esprit, il ne faisait aucun doute que le commissaire anonyme auquel je devais cette garde à vue, n'était autre que ce cher « Cow-Boy ».Voilà bien le genre de plaisanterie digne de ce perfide. Non qu'il me croie coupable ou complice, il n'était pas stupide à ce point. C'était juste histoire de donner une leçon de civisme à un membre de l'Education Nationale. Je ne sais quels comptes il règle, encore aujourd'hui, avec les profs. A mon avis sa scolarité avait dû être houleuse. Je payais pour tous les enseignants, pions ou surgés qui lui en avaient fait baver. A l'heure qu'il est, il devait savourer, en pensant à la gueule que je tirais derrière les barreaux.

Intérieurement, je fulminais. J'enrageais en songeant à la soirée loupée (une de plus) avec mademoiselle Chapirac. Heureusement que Meister ignorait tout de mes projets galants, cela n'aurait fait que le mettre en joie davantage. Toute protestation étant inutile, je ne lui ferai pas le plaisir d'extérioriser ma colère ou de manifester un quelconque signe d'abattement. Lorsqu'il interrogera ses collègues illkirchois demain matin (car j'étais convaincu de voir rappliquer sa sale trogne hilare dès l'aube), lorsqu'il les questionnera, il n'aura pas la satisfaction d'apprendre que j'avais tempêté ou que je m'étais plaint. Inutile de lui donner cette joie supplémentaire. Restons digne. C'est une qualité morale que ce rustre ignore et dont il est incapable. Ce sera ma vengeance. Bien petite compensation par rapport au tort qu'il me causait et aux délices dont il me privait, mais dans ma situation, je n'avais pas le choix.

L'Inspecteur Divisionnaire Kappler m'en sut gré. Mon calme (feint) l'impressionna favorablement. Lorsqu'en plus je l'assurai que « je ne lui en tenais pas rigueur » que « je le comprenais car j'étais fonctionnaire comme lui », je le sentis soulagé. J'en profitai :

– J'aimerais appeler monsieur le Proviseur, lui dis-je. Nous avons des élèves internes et en ma qualité de Conseiller Principal d'Education je suis responsable et il me faut informer ma hiérarchie de mon absence.

Le simple mot « hiérarchie » agit sur l'entendement d'un flic avec autant d'efficacité que le mot « pot de vin » sur celui d'un homme politique. Il m'offrit aussitôt son portable et referma discrètement la porte de la cellule derrière lui.

– Comment ?... Vous êtes en... ?, monsieur le Proviseur semblait atterré. Cependant, lorsque je lui suggérai d'appeler son ami, monsieur le Procureur, il montra peu d'empressement. Il évoqua l'heure tardive, le manque d'éléments en sa possession, et « qu'il faut faire confiance à la justice » que « tout cela n'est certainement qu'un regrettable malentendu » et que, « dès demain il en informerait sa petite-nièce... »

– Serait-ce trop vous demander, monsieur le Proviseur, de l'en informer dès maintenant ? Elle doit être, à l'heure qu'il est, dans mon appartement.

– Hélas, non... elle n'y est plus. Elle vous a attendu un bon moment, et puis...vous savez comme sont les femmes...

Le proviseur eut, au bout du fil, une petite toux gênée avant de poursuivre sa sinueuse narration :

– Elle a sonné chez moi... vous comprenez, vous ne lui aviez laissé aucun...d'ailleurs à moi non plus et je ne savais pas... comme je l'ai déjà dit, elle a attendu un long moment, vous savez... elle semblait très contrariée... et tout à fait entre nous, monsieur Lemmy, je la comprends... mettez-vous à notre place !...

Je ne demandais pas mieux que de me mettre à sa place ! Voilà que le vieux beau prétendait me donner une leçon de savoir-vivre ! Rien, selon lui, ne justifiait que l'on fasse attendre une dame. Il me le répéta à plusieurs reprises sans tenir compte de mes tentatives de justification. Les méthodes policières expéditives utilisées lors de mon interpellation ne semblaient pas constituer, à ses yeux, des excuses suffisantes. Soit il ne m'écoutait pas, soit il mettait carrément en doute ce que je lui racontais. Ce qui n'arrangeait guère mes affaires. Aussi, pour couper court à ses reproches, je le questionnai de manière un peu abrupte :

– Et après, qu'est devenue mademoiselle Chapirac ?

– Oh, elle... je vous l'ai dit, elle était très contrariée... votre attitude... euh.. après cela, euh...je cois bien, mais sans en être certain, qu'elle est repartie avec son collègue... vous savez le commissaire qui, tantôt... ce bel homme...

Je coupai court. Sans formule de politesse aucune. Au diable les bonnes manières. Cette fois c'en était trop. Le salaud ! L'infecte salaud ! Je parle évidemment de Meister. Il avait monté cette combine pas seulement pour me faire une méchante blague ! Il en profitait, l'ordure, pour me piquer la nana. Tout était prévu. Sinon pourquoi aurait-il attendu aussi longtemps en bas de l'immeuble que la Chapirac quitte mon appartement ? Il connaissait, lui, les raisons de mon absence. Il n'avait qu'à patienter qu'elle se mette en pétard pour la cueillir. Avec le tempérament de la belle et après mes trois lapins successifs, l'attente n'avait pas été trop longue. Le fumier ! Où étaient-ils à l'heure qu'il est, les deux commissaires, mâle et femelle ? Certainement pas au commissariat. Certainement pas dans une cellule. Certainement pas sur un bas-flanc.

Tout en mâchonnant un triste sandwich jambon beurre, je ruminais ma rage. Des images de scènes érotico-policières succédaient à des envies de meurtre. Je voyais avec délectation le corps velu de Meister, lacéré de sanglantes estafilades, se convulser de douleur sous un énorme cataplasme de choucroute fraîche... le corps d'albâtre de la rousse plantureuse se tordre de plaisir sous... Je devais réagir si je ne voulais pas perdre la boule. A défaut de sommeil, impossible dans cette cellule constamment éclairée, il me fallait à tout prix retrouver un peu de sérénité. A leur cernes grisâtres (car ils auront forcément des cernes sous les yeux à force de...), je tenais à opposer, demain matin, un visage impassible et ne rien laisser paraître de ma rage et de ma frustration.

Lors de la fouille, on m'avait heureusement laissé mon agenda et un crayon. L'écriture a toujours constitué pour moi une manière d'y voir plus clair, de mettre un peu d'ordre dans le chaos des pensées et des sentiments, de retrouver un certain calme dans ma tête. Il ne s'agissait pas de rédiger ma défense, ni de faire une narration construite des événements. Je griffonnais des mots, des noms en relation avec l'enquête en cours, pour m'empêcher de penser aux deux personnages qui m'obsédaient. Cela m'aidait souvent à réfléchir, à faire le point, ou simplement à me tenir éveillé.

T, R, I, O = TRIO = **T***homas Bernoit*
R*aoul ?...*
I*smaël ?...*
O*scar ?...*

Robert (Roby) Herrkommen et Honoré Cerfeuil et le professeur Michalowski (puisque tel semblait être son nom exact)

Choucroute Pomme d'amour P'tits Jésus
Christkindelsmärik Petit Broglie Père Noël Hôtel du Préfet
Rue Brûlée p'tits Jésus testicule Palais Episcopal
Avenue de la Liberté verge Direction Régionale des Douanes
Kellermann testicule Théâtre du Cercle et Mess des Officiers

J'avais toujours été intimement persuadé que le tueur, aussi détraqué qu'il soit, n'avait pas agi sans raisons. Tout cela devait procéder d'un plan. Le caractère démonstratif de sa façon de tuer, de mutiler puis de disperser les organes sexuels était évident à mes yeux. Mais pour l'instant, je n'avais pas réussi à déchiffrer son langage. J'avais l'intuition vague qu'il parlait de façon codée. Mais qu'essayait-il de dire ? Et à qui s'adressait-il ?

Et brusquement, eurêka, ce fut la révélation !

C'était aussi visible que le pistolet dans la ceinture de ce pourri de « Cow-Boy » !

Cela sautait aux yeux comme le nez au milieu de la figure de mademoiselle Chapirac !

C'était donc là le message que le tueur fou avait voulu adresser à la police ?

C'était donc là le crime qu'il dénonçait à la face du monde ?

N'était-ce pas plutôt le fruit de mon imagination ? Je frottai mes yeux effarés et incrédules. Et pourtant, cela ne pouvait être le simple fait du hasard. Je focalisai mon regard sur la partie droite de la feuille griffonnée.

Hôtel du **P** *réfet*
Palais **E** *piscopal*
Direction des **D** *ouanes*
Mess des **O** *fficiers*

Le préfixe **pédo** apparaissait nettement. Cela ne faisait aucun doute. Et du préfixe au mot, il n'y avait qu'un pas. Le mot **pédophilie** s'imposait à mon esprit.

Je vous l'accorde. Il faut avoir l'esprit un peu tordu pour en arriver là. Mes élucubrations étaient loin de constituer une preuve et ce pauvre type de Meister ne manquerait pas de se gausser de moi si je lui en faisais part. Tout au plus me hasarderai-je à en parler à mademoiselle Chapirac lorsque je la reverrai demain matin. N'empêche que j'éprouvais une certaine fierté à la perspective de l'épater. Ce n'est pas Meister avec le peu de cervelle qu'il avait sous son chapeau mou qui aurait pu arriver à une telle déduction. J'essayai pathétiquement de me persuader de la suprématie de l'esprit sur le muscle.

Mais dans ce cas, en supposant que ma théorie soit exacte, il y aurait forcément d'autres crimes. D'autres cadavres mutilés. D'autres corps dispersés. D'autres lieux soigneusement choisis.

« ET CE N'EST PAS FINI. IL Y EN A D'AUTRES QUI VONT PAYER ! »

Me revenait soudain à la mémoire la phrase terrible prononcée par le vieil Antoine. Je me secouai. Là encore, je n'avais aucune preuve d'un quelconque lien entre le meurtre de Herrkommen et les moribonds de la ferme du Mont. Cependant mes neurones, une fois lancés, fonctionnaient à plein régime. C'est souvent ainsi pendant mes nuits d'insomnie. C'est d'ailleurs pour cette raison que j'avais toujours un carnet et un crayon à portée de main. Certaines nuits, je me trouvais absolument génial.

Alors je notai. Dommage qu'au réveil, trop souvent, le caractère sublime de mes pensées ne m'apparaissait plus avec autant d'évidence.

Par contre, si un lien existait entre les Bernoit et le meurtre,(ou entre le TRIO et le meurtre), si Meister apprenait mon escapade au Mont (et il finira tôt ou tard par l'apprendre) et si, par malheur un nouveau crime était commis (autre que celui de Cerfeuil), nul doute que je me sentirais, cette fois, responsable d'avoir gardé le silence. Et Meister ne se priverait pas de m'enfoncer. Avec raison. Il était grand temps de me comporter en adulte responsable. Fini de jouer à Maigret ou à Burma. Fini de faire des cachotteries pour épater une demoiselle. Ce n'était pas du roman. En me taisant, je prenais des risques et j'en faisais courir à d'autres. Bien plus graves.

J'alertai l'Inspecteur Kappler en cognant vigoureusement contre la porte de la cellule. Je le sommai, le mot n'est pas trop fort, de me mettre en communication avec le Commissaire Meister. Tout d'abord, il nia posséder ses coordonnées. J'étais sûr du contraire et je dramatisai. Je le persuadai de la gravité et de l'urgences des révélations que j'avais à faire. La vie d'un homme, sinon de plusieurs, en dépendait. S'il refusait, il se montrait complice. S'il acceptait, il aurait droit aux félicitations et, qui sait, à une promotion. J'avais vu juste et il finit par s'exécuter.

Il fallut moins d'une demi-heure aux deux commissaires, - ils arrivèrent effectivement ensemble - pour faire irruption dans le bureau de police d'Illkirch. Je passe sur les salutations plus qu'embarrassées du « Cow-Boy ». Je ne l'écoutais même pas, tout au bonheur de contempler l'impeccable chignon de mademoiselle Chapirac. Car qui dit chignon impeccable, en cette heure avancée de la nuit, exclut toute activité libidineuse préalable. Meister n'avait pas abouti. J'en fus tellement heureux que je me sentis revigoré. Je laissai Meister patauger dans ses tentatives d'explications oiseuses, tellement peu crédibles que mademoiselle Chapirac eut vite fait d'éventer le lâche stratagème conçu par son collègue pour m'éliminer. Je suppose qu'elle en fut courroucée un peu, et flattée beaucoup, de cette rivalité entre deux mâles également vaniteux.

Elle vint ostensiblement se placer à mes côtés avant de couper la parole au Cow-Boy : « Cher Victor, je vous remercie pour l'excellent repas que vous m'avez offert, mais il serait temps d'écouter ce que notre ami a à nous apprendre... »

En disant cela, elle montrait un carton jaune au lourdaud et, implicitement, me rassurait sur leurs communes activités de la soirée ; je marquai un point.

J'en marquai un second lorsqu'elle qualifia de « géniale, vérrritablement géniale » mon interprétation du supposé message délivré par le tueur.

Comme prévu Meister jugea l'idée totalement absurde.

– En voilà une couillonnade ! Masturbation d'intello, si vous voulez mon avis. D'ailleurs, votre tueur scrabbleur, il aurait bien du mal à terminer son mot de dix lettres. Avec le **P**, passe encore, il pourrait choisir le **P**arlement Européen, ou le **P**ort Autonome ou, pourquoi pas, le bureau du **P**rocureur... et Meister fut secoué d'un rire aussi gras que la tache qui ornait le devant de son blouson... Avec le **P**, pas de problème, avec le **H** pas davantage, il y aurait l'**H**ôtel de Ville, les **H**ospices Civils... mais comment qu'il ferait votre tueur avec le **Y** ? hein, dites-moi où il déposerait une couille ou une bite devant un bâtiment avec **Y** ?

– Mais de quel **Y** parlez-vous mon cher ?, l'interrogea mademoiselle Chapirac.

– Ben, du **Y** de **pédoph Y le** !, répliqua le butor sans sourciller.

Cette fois ce fut à notre tour, à Fernande et à moi d'éclater de rire. C'était bien la première fois, depuis l'école primaire, que mes talents en orthographe me permettaient de briller devant une femme.

Et, pour ce soir, le Cow-Boy était définitivement K.O.

Chapitre 21

Les rues piétonnes inondées de lumière ;
les sapins et les guirlandes ponctués d'or ;
les chalets et les stands aux auvents multicolores
entre lesquels se presse la multitude des passants
et des badauds ;
les saveurs enivrantes de liberté, de vin chaud
et de cannelle ;
dans la bouche, le goût suave des friandises
et des pâtisseries épicées ;...

... et partout, circulant entre les allées,
dominant tous les parfums,
l'odeur écœurante de friture qui soulève l'estomac...

Dans la poche de son pantalon sa main se referme sur
les dernières pièces qui lui restent après l'orgie de
gaufres, de chantilly, de cocas,...

La foule est moins dense.
Les haut-parleurs se sont tus.

L'oppression de la nuit, si grouillante de vie
il y a cinq minutes encore devient sinistre soudain...

En cet instant où l'euphorie de la liberté s'estompe en même temps que les premières guirlandes s'éteignent, où il sent plus particulièrement le besoin d'avoir un gîte, de s'abriter pour dormir, l'enfant remonte le col de son anorak...

Et puis... Est-ce possible ?... Est-ce bien lui ?... Cette silhouette familière...
de l'autre côté de la rue ?...

L'enfant agite les bras,
il voudrait se précipiter mais la rame du tramway qui passe au même instant l'en empêche...
A la seconde où s'évanouit le dernier wagon, s'effacent en lui nausées, froid et craintes de la nuit...
On l'a reconnu.
Sous la fine moustache, on lui sourit...
Il n'est plus seul.

Il est dans un lit.
Dans une chambre qu'il ne connaît pas.
Comment y est-il venu ?

La fatigue l'écrase.
Le bourdonnement incessant dans sa tête
et des images de la journée... de la nuit...
se mêlent dans son cerveau...

Et quel est cet inconnu ?
Qui lui sourit ?
Qui passe ses bras autour de son cou et l'embrasse ?

L'enfant retient son souffle...
il a envie de rire et de pleurer...
sa tête tourne, son cœur est ivre...

Il ne sait pas où il est.

Et l'inconnu lui offre un bonbon.
Il a le goût douceâtre de la honte...

Chapitre 22

A gauche et à droite de la route départementale se dressait une muraille sombre de forêt. Les phares de la voiture perçaient l'obscurité de la nuit éclairant la base des grands sapins et le talus neigeux. Alors qu'il y a moins de vingt-quatre heures, sur cette même route, j'avais été contraint d'attendre le passage du chasse-neige pour franchir le col du Hantz, un brusque réchauffement de la température, un de ces redoux dont les hivers alsaciens sont coutumiers, avait effacé toute trace de neige sur l'asphalte de la chaussée.

Aucun réchauffement de l'atmosphère n'était perceptible dans nos relations. Depuis que nous avions quitté Strasbourg, le commissaire Meister n'avait pratiquement pas desserré les dents laissant à la seule mademoiselle Chapirac le soin de me tenir informé des derniers éléments de l'instruction. C'était d'ailleurs elle qui, mandatée par Paris, dirigeait officiellement les opérations, depuis que le théâtre des événements semblait se déplacer vers le département des Vosges. Car, depuis ma sortie de la cellule du bureau de police d'Illkirch, l'enquête s'emballait, ne nous laissant aucun répit, jusqu'à cette communication de la gendarmerie de Saint-Dié nous signalant un incendie dans une ferme sur la commune du Mont.

Reprenons les faits dans leur chronologie. Dans le bureau de Meister, au commissariat central de la rue de la Nuée Bleue, j'avais une nouvelle fois exposé ma théorie selon laquelle le tueur fou chercherait, par la mise en scène de son (ou ses) crime(s), à alerter l'opinion sur des actes pédophiles.

– Et pourquoi, il n'aurait pas simplement été porter plainte ? C'est fait pour ça les commissariats !, bougonna Meister, décidément allergique à mes hypothèses.

– Sans doute avait-il ses raisons, avança mademoiselle Chapirac. Le souci de l'anonymat, par exemple.

– Dans ce cas, il n'avait qu'à envoyer une bafouille sans la signer !, s'emporta le Cow-Boy.

– Il hésitait sans doute sur l'orthographe du mot pédophile ?, susurra perfidement la belle, ce qui eut le don de réduire momentanément au silence le mastard. Il me lança un regard aussi incendiaire que la flamme d'un chalumeau. Il chercha une nouvelle fois, à m'accabler lorsque je narrai mon expédition au lycée de Rothau, puis au Mont.

– C'est de la rétention d'information. Cela peut vous coûter cher, menaça-t-il.

– Sauf si je témoigne que notre ami m'en a informée, moi, dès hier soir, par téléphone..

– Et pourquoi ne m'en a-t-il pas parlé, à moi ? Enfin quoi, c'était moi le commissaire chargé de l'enquête ou vous ?, tonna Meister complètement hors de lui. Tout ça, c'est pas très réglo, ma chère collègue et...

– Et ça peut me coûter cher ? l'interrompit la Chapirac sans se départir de son sourire narquois. Ce n'est pas réglo, dites-vous, mon cher Victor, mais que penser de ce document ?

Mademoiselle Chapirac brandissait à la face congestionnée de son collègue le fax rapporté du bureau de police d'Illkirch :

– Ce fax précise que Monsieur Lemmy doit être placé en garde à vue, je cite « sur instruction du Parquet ». Souhaitez, vous, mon cher collègue, ici et maintenant, confirmer cette affirmation ?

Meister, complètement groggy, jeta l'éponge. En ricanant comme un potache surpris à copier lors d'une interro, il accepta piteusement de reconnaître que cette mention était fausse. Mademoiselle Chapirac lui demanda de barrer la mention sur le fax et de signer la rectification. La mine déconfite du « Cow-Boy » me mettait en joie, mais mademoiselle Chapirac ne me laissa guère le temps de savourer mon triomphe. Derrière le bureau, elle avait pris la place de Meister. D'une voix ferme où perçait un brin d'ironie, elle nous rappela à l'ordre comme les profs, autrefois, ne craignaient pas de sermonner des gamins indisciplinés.

– Il suffit, messieurs ! Laissons là nos inimitiés. Je vous rappelle qu'il y a déjà deux morts ! Si nous voulons éviter de nouveaux drames, plutôt que de nous disputer, il serait plus judicieux de « travailler ensemble » comme vous le répétez souvent. Serrez-vous la main, messieurs !

Ce que nous fîmes. De mauvaise grâce, certes, mais l'autorité de la belle ne souffrait aucune réplique. Un café bien tassé scella notre nouvelle collaboration. Meister se chargea d'appeler le substitut du procureur de permanence, cette nuit-là, pour obtenir l'autorisation de procéder aux interrogatoires nécessaires au lycée de Rothau, dès le lendemain matin. Pour glaner quelques renseignements sur la famille Bernoit résidant au Mont, mademoiselle Chapirac téléphona à la gendarmerie de Saint-Dié. Qui nous informa qu'un incendie venait de leur être signalé, précisément à cette adresse.

Voilà pourquoi, en pleine nuit, nous foncions vers le col du Hantz. Au volant, un policier en tenue. A ses côtés, le commissaire Meister. Depuis que nous avions traversé les rues endormies de Schirmeck, il avait rabattu son feutre informe sur son visage et, la tête renversée sur le siège, dormait ou faisait semblant de dormir pour mieux ruminer son dépit. A l'arrière, j'avais pris place aux côtés de mademoiselle Chapirac. Qu'il aurait été doux de céder au sommeil, de poser ma tête sur son épaule et de m'enivrer de son parfum de rousse ! Ce n'était hélas pas le moment. Elle paraissait insensible à la fatigue et, très professionnelle, faisait pour moi le point sur les résultats des dernières investigations. Je m'efforçais de garder les yeux ouverts et de prêter attention à ses propos.

L'autopsie du cadavre du jeune Honoré Cerfeuil n'avait pas apporté d'éléments nouveaux. Il avait été abattu d'une seule balle de 22 long rifle en plein cœur. La mort avait dû être instantanée. Selon toute vraisemblance il ne s'agissait pas du même tueur que celui de Herrkommen. L'arme du crime était différente, il n'y avait ni mise en scène macabre, ni torture post mortem. Aucun indice susceptible de fournir une piste n'avait été relevé sur les lieux et il était fort probable que le crime avait été commis ailleurs. Seul témoignage intéressant, celui d'un travailleur frontalier qui, rentrant chez lui vers trois heures du matin, avait aperçu une voiture stationnant tous feux éteints à cet endroit. D'après lui il s'agissait d'une Mercedes grise.

– Encore une Mercedes ?, m'exclamai-je. Comme celle de ce Michalowski, l'ex copain de Herrkommen ?

– Je l'ai toujours dit. Règlement de comptes entre pédés, grommela Meister.

Mademoiselle Chapirac ne prêta nulle attention à l'intervention de son collègue. A mon intention, elle poursuivit imperturbablement son récit.

L'enquête en Allemagne auprès des professionnels de l'automobile avait fini par payer. Grâce au signalement et à la photo de dos, un négociant, moitié ferrailleur, moitié revendeur de voitures d'occasion, installé non loin d'Offenburg avait cru reconnaître un client à lui. Et même un très bon client. Un Français. Tous les trois ou quatre mois, il arrivait chez lui en taxi et repartait au volant d'une Opel, d'une BMW ou plus souvent d'une Mercedes, toutes assez vieilles pour ne plus être cotées à l'argus. Il payait toujours cash, le plus souvent en D.M. Le hasard avait voulu, qu'il y a environ deux mois, le client avait oublié sa serviette en cuir. Le marchand l'avait ouverte à la recherche d'un numéro de téléphone. Ce numéro, il l'avait noté sur un calendrier mural et, par chance, il put le retrouver.

Il fut dès lors facile de remonter jusqu'à un certain Serge Michalowski, sans profession, demeurant à Oberhausbergen, rue des Platanes. Il n'était hélas pas chez lui et n'avait pas reparu depuis à son domicile. Il avait acheté cette villa il y a un peu plus de deux ans, vivait seul, n'avait aucun contact avec ses voisins dont certains étaient persuadés qu'il était allemand car ses voitures - et il en changeait fréquemment - étaient toutes immatriculées dans ce pays.

– Je pense, cher ami que vous faites comme moi la relation entre ce Michalowski et le Michleski ou Montalowski dont votre jardinier vous a parlé ?

– Certes, répondis-je, somnolant à moitié, mais celui-là était prof de lettres. Et un prof n'a pas les moyens de changer de voiture tous les trois mois. Même s'il s'agit de voitures d'occasion. Encore moins un type sans profession.

– Sauf, rétorqua la fliquette, sauf si, après avoir été prof, il exerce aujourd'hui une activité plus lucrative mais illégale. Dans ce cas les vieilles voitures allemandes s'expliquent. En effet, un vendeur allemand n'exige aucune pièce d'identité d'un acquéreur français. Dans son pays, il se contente de demander la radiation du véhicule. Sur les fichiers apparaît la seule mention « Export ». La trace du nouveau propriétaire français est introuvable. Pendant quatre mois, il est donc possible à ce nouveau propriétaire, sous couvert de l'ancienne immatriculation, de commettre des infractions comme des excès de vitesse ou délits de fuite, ou pire d'utiliser son véhicule pour des casses ou des trafics illicites sans crainte d'être débusqué.

– Et que fait-il de la voiture après ces quatre mois ?

– Il la fait disparaître. En y mettant le feu, par exemple.

– Mais alors ?... et je secouai vivement la tête pour combattre l'engourdissement et retrouver un peu de lucidité... mais alors toutes ces voitures brûlées à Strasbourg ?... Ce triste record de plus de mille huit cent véhicules incendiés en une année ? Et dont on accuse systématiquement les jeunes des banlieues ?

– On peut en effet s'interroger, concéda volontiers mademoiselle Chapirac tandis que Meister ronchonnait. Une enquête récente laisserait entendre en effet que ces voitures fantômes représenteraient près de la moitié des véhicules incendiés dans l'agglomération strasbourgeoise. Cette niche juridique fait le bonheur de toutes sortes de délinquants. L'arsenal répressif est insuffisant.

– Il serait grand temps que nos députés européens songent à harmoniser la législation, décrétai-je doctement. Et à propos, le député Geloffener, que vous a-t-il appris ?

– Rien. Pour la bonne et simple raison que ce monsieur n'a pas daigné se déplacer au commissariat en invoquant l'immunité parlementaire. Il nous a fait transmettre par l'intermédiaire de son avocat le contrat de location signé avec Herrkommen et le double des quittances de loyer. Comme si cela pouvait être de quelque intérêt. Interroger un député n'est pas chose aisée. Quand il s'agit d'un ressortissant étranger, la procédure est encore plus complexe. Dans l'immédiat, nous n'avons pas encore décidé des suites que nous pourrions donner. Deux questions sont posées. Le député Geloffener était-il au courant de l'utilisation faite par son locataire de la mansarde ? Et si oui, à quoi servait ce véritable studio vidéo ?

– Et à quoi servaient les dizaines de boîtes de bonbons, trouvées sur les lieux ?, ajoutai-je.

– Bravo, cher ami. Vous n'avez pas oublié les p'tits jésus que nous avions envoyés au laboratoire pour analyse. Nos ingénieurs chimistes ont fait diligence. J'ai là leur rapport.

friandises communément appelées « petits jésus »

composition : sucre, dextrose, arômes
acidifiant (acide citrique)
émulsifiant (lécithine de soja)
poudres à lever (carbonate acide de sodium)
colorants (E 104 - E 110 - etc...

Je ne pus m'empêcher, en guise de commentaire, de murmurer :

– Bon appétit !

– Attendez, attendez, le plus passionnant est à venir !

traces importantes de flunitrazépan

– C'est quoi ça ?

– C'est, je cite, *« un somnifère puissant commercialisé sous le nom de Rohypnol. D'après l'Agence Française de Sécurité Sanitaire des Produits de Santé, c'est le somnifère le plus détourné par les toxicomanes et celui que l'on retrouve impliqué dans la plupart des overdoses mortelles en France.*

Le flunitrazépan ne fait pas que faciliter l'endormissement, il peut aussi provoquer chez l'usager un état d'ébriété semi-conscient accompagné d'un sentiment d'invincibilité suivi d'amnésie.

Cet effet "Rambo" peut conduire les consommateurs à commettre des actes délictueux sans même s'en apercevoir. Plus grave : ce médicament peut être détourné de son utilisation et servir de moyen de soumission chimique pour obtenir la passivité, puis l'oubli de la personne à qui on l'administre à son insu. »

Je ne fis aucun commentaire. Pour la bonne et simple raison que je venais de m'endormir. Et ce n'était pas sous l'effet du flunitrapé... flunizatré... flunizzzzz... flzzzz...

La voiture venait de passer devant l'auberge aux volets clos du col du Hantz et plongeait vers Belval. Il était quatre heures du matin.

Chapitre 23

Dans le dernier virage avant la ferme des Bernoit, le camion rouge des pompiers de Senones barrait la chaussée étroite. Dans un vrombissement effrayant, il hoquetait, deux roues au sec, les deux autres patinant dans la glu et qui chassaient, s'affolaient, faisant gicler la boue de toute part. A la lumière des phares et de puissantes lampes torches brandies à bout de bras, trois pompiers en bottes et vestes de cuir guidaient la manœuvre pour empêcher que le véhicule ne s'embourbe à nouveau dans les énormes ornières plus profondes que des auges que les roues avaient creusées dans les bas-côtés. Nous continuâmes donc à pied. L'air vif eut l'avantage de me réveiller.

Le feu avait dévoré toute la ferme. De la maison d'habitation et de la grange, il ne restait plus que quelques pans de murs noircis, des poutres et des chevrons calcinés. Le sol était jonché de tuiles éclatées, de lattis consumés, d'amas de pierres, de tôles, de ferrailles tordues. Surveillée par deux pompiers casqués, une motopompe dérisoire ronronnait doucement. Son faible jet se contentait de noyer les cendres blanchâtres. La vapeur avait pris le pas sur la fumée. Elle flottait au-dessus de la terre gorgée d'eau noirâtre dégageant une odeur âcre de caoutchouc brûlé, de cuir roussi, de matières organiques carbonisées qui vous prenait à la gorge et piquetait les yeux. Au milieu des ruines, munis de gaffes et de crochets métalliques, sous la lumière crue d'un projecteur, pompiers et gendarmes fouillaient dans les décombres et les restes à peine reconnaissables de mobilier, de carcasses d'appareils ménagers, de ballots informes, de sommiers à boudins...

Un capitaine de gendarmerie vint à notre rencontre. Il esquissa un salut militaire avant de nous désigner à côté de la fourgonnette de la gendarmerie, dissimulées sous des bâches plastiques, les formes allongées de deux corps.

– Il n'y avait plus rien à faire, prononça-t-il d'un ton lugubre. Les secours mettent beaucoup trop de temps pour arriver dans ces endroits reculés. Sans compter que lorsque l'alarme a été donnée par un villageois, le brasier était déjà très important puisque les flammes étaient visibles depuis le hameau.

– Et vous n'avez trouvé que deux cadavres ? demandai-je.

– Deux, oui. Complètement carbonisés et donc difficilement identifiables avant autopsie. D'après le voisin, celui qui a donné l'alarme, il pourrait s'agir de madame Bernoit et de son fils Thomas. A vérifier. Ce qui paraît curieux, c'est que les deux corps ont été retrouvés, allongés côte à côte, comme s'ils avaient été intoxiqués par les fumées alors qu'ils dormaient dans le même lit.

– C'est en effet curieux. Ne seraient-ce pas plutôt les corps de madame Bernoit et de son époux ? Mais dans ce cas où serait Thomas ? Il semblait le moins valide des trois et je ne le crois pas capable de se déplacer loin.

– Il faudrait demander au voisin, suggéra le capitaine, c'est la première ferme à gauche à l'entrée du village.

Juste comme nous arrivions en vue de la maison, mademoiselle Chapirac avisa, dans le chemin qui montait vers les bois, la silhouette voûtée d'un homme qui s'éloignait. Notre chauffeur klaxonna énergiquement et Meister fit de grands gestes pour le héler. Il revint sur ses pas, sans se presser. Sur des vêtements en grosse toile, il portait en bandoulière une musette dans laquelle ballottait une bouteille thermos. Ses cheveux blancs comme neige dépassaient d'un bonnet de laine kaki. Dans un visage buriné, pareil à un masque, sous des sourcils broussailleux, ses yeux exprimaient une vive contrariété. Il avait déjà assez perdu de temps comme cela. Le boulot n'attendait pas. Il lui fallait, avant le soir, abattre et préparer une cinquantaine de sapins dans la parcelle du haut. Pour les marchés de Noël. Il n'avait qu'une hâte : qu'on en finisse avec nos questions.

Pour lui, il ne faisait aucun doute que les deux cadavres calcinés - « n'avaient que la peau sur les os, ces deux-là ! » - étaient ceux de Thomas et de sa mère. « J'en mettrais ma main au feu, si j'peux ainsi dire. »

– Ce ne seraient pas plutôt monsieur et madame Bernoit ?, lui demandai-je.

– Monsieur Bernoit ?, s'exclama-t-il en roulant des yeux effarés. Mais le Louis est mort depuis bientôt trois ans !... Il est là-haut, dans le cimetière où sa veuve et son fils vont tantôt le rejoindre !...

– Mais dans ce cas, qui était Antoine, ce vieux monsieur que j'ai aperçu hier dans leur maison ?, questionnai-je, excédé par la lenteur de son débit et le peu d'empressement qu'il mettait à collaborer.

– L'Antoine ? Je sais pas... Il était pas d'la famille, l'Antoine... Il venait de temps à autre,... passer quelques jours,... donner un coup de main...

– Et mettre le feu à la maison !, décréta le « Cow-Boy », toujours aussi prompt à dégainer. En tous cas, famille ou pas famille, votre Antoine a bel et bien disparu et cela en fait un suspect potentiel.

– L'a pas disparu, l'Antoine ! C'est quoi cette connerie ?, maugréa le vieux. L'Antoine l'est parti ce matin,... après le passage du chasse-neige...

– Et comment pouvez-vous en être aussi sûr ?, demanda Mademoiselle Chapirac.

– Mais parce que j'l'ai vu, pardi. Vu de mes yeux.

– Mais il a pu revenir, bon sang. Et mettre le feu à la baraque !

Meister était sur le point de se mettre en rage. Le vieux le sentait, qui tripotait le rabat de sa musette en contemplant le bout de ses godillots. Malgré l'air vif et froid, je vis de grosses gouttes de sueur perler sur son front. Le bonhomme nous cachait quelque chose, c'était certain.

– Et d'abord, il est parti où, l'Antoine, et comment ?, poursuivit Meister en élevant la voix.

– A Strasbourg, consentit à répondre l'homme de plus en plus mal à l'aise.

– A Strasbourg ?

Nous avions repris la question, en chœur et nous nous regardions tous trois, médusés. L'affaire prenait une tournure inattendue.

– Et qu'allait-il faire à Strasbourg ? Vous allez vous décider à parler ou je vous fais embarquer ?

– Livrer des sapins..., marmotta le vieux.

– Des sapins ! Où ça, aboya Meister. Au Christkindelsmärick ?

– Ben oui, au Marché de Noël, où voulez-vous qu'il livre ?, grommela le forestier entre ses dents.

– Mais je ne veux rien du tout, moi, s'emporta le « Cow-Boy », je ne veux rien du tout ! Sinon qu'on m'explique comment un type dont on m'avait dit que ce n'était plus qu'un vieux débris pouvait conduire un camion ?

Pendant qu'il éructait, des bouffées de vapeur jaillissaient de sa bouche. Il me regardait avec des yeux furibonds. Une nouvelle fois sa collègue s'interposa. Croisant les bras devant sa généreuse poitrine, elle se planta devant le vieux et le fixa, droit dans les yeux.

– Ecoutez, nous n'avons guère de temps à perdre. Et votre ami, à l'heure qu'il est, court peut-être un grave danger. Si je comprends bien, ce monsieur Antoine travaillait pour vous. Au noir, je suppose. Alors que ce soit clair. Nous ne sommes pas des inspecteurs du travail. Nous sommes policiers. Et nous enquêtons sur des crimes. Des crimes, vous entendez ?

– Ben oui, il me donnait un coup de main, l'Antoine. On est toujours à la bourre en cette période. Vous comprenez ?

– O.K., concéda Meister. Mais il conduisait un camion, le patriarche ?

– Qui vous parle d'un camion ?, s'énerva le forestier. Une remorque. Rien qu'une remorque et un tracteur... Autrefois, il était routier, à ce qu'il m'a dit. Maintenant, à trente à l'heure, il conduit l'Antoine... Il prend tout son temps. C'est d'ailleurs pour ça qu'il lui faut deux jours pour chaque livraison. Un pour l'aller, un pour le retour. Il passe la nuit chez lui, à Strasbourg. Il va avoir un choc, tout à l'heure, en revenant ici !

– Avant de vous laisser à votre travail, pouvez-vous nous dire si ce monsieur Antoine a fait une livraison de sapins à Strasbourg, samedi dernier ?

– Samedi ?... Attendez... Samedi ?... Non. Il a livré vendredi et il est revenu ici samedi. La semaine passée, pour l'ouverture du marché de Noël, je me souviens, il a fait deux livraisons à Strasbourg. La première le mercredi, retour jeudi. La deuxième vendredi, retour samedi. C'est tout ? J'peux partir maintenant ? J'aurai pas d'ennuis avec le fisc ?

– Attendez. Une dernière question, si vous le voulez bien, lui dit Mademoiselle Chapirac en lui adressant un soupir apaisant. Vous venez de dire que Monsieur Antoine passait la nuit « chez lui, à Strasbourg. » Connaissez-vous son adresse ?

– Non. J'connais même pas son nom, j'vous dis. J'peux partir ?

– Vous pouvez. Donnez votre nom au brigadier. On vous convoquera si nécessaire.

– Nous voilà pas plus avancés, conclut Meister qui trépignait sur place. Les deux macchabées, là-haut sont plus muets que des merguez trop grillées ; le député Geloffener est bouche cousue ; les autres témoins éventuels, l'Antoine ou le Michalowski, jouent les filles de l'air. J'en ai plein les bottes de poireauter, de courir après des fantômes et d'avoir toujours une longueur de retard. On fait quoi maintenant ? C'est vous le chef, non ?

– Soyez patient, cher collègue. Avec le mandat d'arrêt international lancé contre lui, Michalowski n'ira pas loin. Je vais donner par radio des instructions afin que tout tracteur avec remorque quittant Strasbourg vers la vallée de la Bruche soit intercepté. En attendant ces deux témoins essentiels, je demande une commission rogatoire pour consulter les fichiers du lycée de Rothau. Qu'en dites-vous ?

« Décidément, pensai-je, elle a du tempérament. » Je tombais littéralement de sommeil. Meister ne valait guère mieux. Aucun de nous deux pourtant ne voulait l'avouer et c'est avec une belle unanimité que nous avons soupiré :

« Allons-y. »

Chapitre 24

Arrivés vers neuf heures du matin au Lycée de Rothau, nous n'avions quitté cet établissement que tard dans la soirée, bien après les derniers cours.

Il fallut, dans un premier temps, rappeler au proviseur que les établissements scolaires, contrairement à une idée communément répandue, ne bénéficient d'aucune franchise et que les forces de police peuvent y exercer leur action comme en n'importe quel autre lieu public. Il se montra peu coopératif et ses regards courroucés disaient assez qu'il me considérait comme un traître.

Il fallut ensuite le convaincre, après réception par fax de la commission rogatoire et confirmation téléphonique du Parquet, de mettre à notre disposition un bureau et de nous donner libre accès aux archives du lycée. La secrétaire, si elle avait pu nous étrangler, l'aurait fait avec délectation, ajoutant de nouvelles victimes à la liste déjà longue de cette histoire.

Plus tard, et pour nous aider dans nos recherches, il fallut réquisitionner Pascal, le jardinier, ainsi que les trois professeurs assez anciens dans l'établissement pour se souvenir de Herrkommen, de Michalowski et du TRIO.

Pascal s'exécuta avec sa « chentillesse » habituelle. Deux profs sur trois s'inquiétèrent s'ils allaient être payés en « heures sup » pour le temps qu'ils nous consacraient.

La journée se déroula, fastidieuse, rythmée par les sonneries des interclasses et des récréations, en partie dans les caves glaciales et poussiéreuses du lycée où s'entassaient les archives, en partie dans le bureau mis à notre disposition pour les consulter. Retrouver la trace de quelques élèves, dont on ne connaît que les prénoms, internes de l'établissement voilà huit ou neuf ans, est un travail digne d'un Bénédictin. Si, comme les moines je pratiquais la chasteté (bien malgré moi et sans en avoir fait le vœu), je n'avais ni leur patience, ni leur persévérance. Plus d'une fois je faillis envoyer au diable les listes de classes jaunies, les dossiers scolaires défraîchis, les relevés de notes, les registres de présence et autres paperasses qui constituent avec les graffitis dans les W.C. et les initiales gravées sur les tables les traces tangibles d'une adolescence studieuse. Plus d'une fois, je manquais de m'écrouler sur un de ces dossiers de carton gris en guise d'oreiller. Mais il n'était pas question de perdre la face devant mademoiselle Chapirac. Surtout en présence de Meister.

Le jus noirâtre du distributeur automatique de la salle des profs ne méritait pas le nom de café. Il nous aida cependant à rester éveillés. Il fut aisé de retrouver la trace de Bernoit Thomas, classe de 5° 2 en 1992 puis 4°3 et 3°3 les années suivantes. S'il n'y avait aucun Oscar, ni aucun Ismaël dans ces classes, il y avait deux Raoul. Aucun des deux, hélas, n'avait été interne, ce que nous apprit l'état des droits constatés établi par l'Intendant du Lycée. Encore fallait-il penser à consulter ces documents comptables.

– Heureusement que vous êtes là, me glissa gentiment mademoiselle Chapirac.

En fouillant de plus près ces états, nous réussîmes à trouver cinq internes prénommés Raoul. Un Oscar Schmidt, d'une classe parallèle et un Ismaël, du nom de Shückret, leur aîné de deux ans, interne en 92 et 93 et d'origine israélienne. Un des professeurs se souvint de cet élève qui maîtrisait mal le français et qui revendiquait ses origines palestiniennes. Pascal se rappela qu'il était le meneur du fameux TRIO et le plus costaud physiquement.

Ces renseignements furent cependant bien trop minces pour retrouver la trace d'un élève étranger. Ni les services de l'orientation du rectorat de Strasbourg, ni l'ambassade d'Israël à Paris, ni la représentation diplomatique de l'autorité Palestinienne ne nous furent d'un grand secours pour retrouver cet Ismaël Shückret. Il semblait avoir définitivement quitté la France.

Nous eûmes un peu plus de chance, si l'on peut dire, avec Oscar Schmidt. A l'issue de sa classe de 3° à Rothau, il avait intégré une classe de seconde technique et l'internat du Lycée Couffignal à Strasbourg. Le temps de passer le bac, de s'inscrire en BTS et d'écraser son scooter contre un platane, un samedi soir, en sortant d'une boîte. Ses parents, anciens forains, retirés à Brouviller, en Moselle, fleurissaient sa tombe depuis deux ans.

Restaient les cinq anciens élèves prénommés Raoul. Deux d'entre eux, qui avaient poursuivi des études et dont les parents avaient gardé la même adresse depuis cette époque, purent être rapidement localisés et mis hors de cause. Ils n'avaient jamais fait partie du TRIO et ne purent nous fournir aucun indice supplémentaire. Quant aux trois autres Raoul, (Armbruster, Finding et Weiss), leur piste se révéla plus difficile à suivre. Leur cursus scolaire avait été interrompu, les adresses ne correspondaient plus... Les recherches risquaient de prendre du temps.

– Inutile de continuer ici. Les archives du lycée ne nous en apprendront pas davantage.

Nous faisions tous les trois le même constat.

– Et qui va ranger tous ces dossiers ?, demanda le proviseur.

– Vous, Monsieur le Proviseur. Avec votre charmante secrétaire.

La Commissaire Principale Chapirac avait répondu sèchement. Serait-elle fatiguée, elle aussi ?

Elle l'était, en effet. A peine le temps d'ordonner au chauffeur de nous ramener à Illkirch et elle s'abandonna sur mon épaule pour s'endormir aussitôt. Je l'imitai sans hésiter. Enfin nous dormions ensemble ! Dommage : Meister ronflait sur le siège avant. Il faisait nuit noire. La circulation était réduite. Je dormis pendant les trois quarts d'heure que dura le trajet.

Réveillé en sursaut, mû par un réflexe stupide (on ne se débarrasse pas facilement de sa bonne éducation), lorsque la voiture nous arrêta au pied de mon immeuble, je déclamai l'alexandrin célèbre de Victor Hugo : « Donne-lui tout de même à boire, dit mon père. » Toujours mes fichues bouffées de littérature !

L'autre Victor, le « Cow-Boy », me regarda, ahuri, avant de réaliser que je l'invitai à prendre un café dans mon logement de fonction. Inutile d'ajouter qu'il accepta l'offre. Mademoiselle Chapirac fut surprise, elle aussi, avant de me sourire, complice.

Au bout d'une heure, son sourire avait disparu. Nous en étions déjà à notre troisième expresso et Meister, pourtant bien réveillé, ne faisait pas mine de partir. L'importun, vautré dans mon fauteuil, lorgnait ostensiblement sur la bouteille de champagne qui, depuis hier soir, baignait dans un seau où les glaçons avaient fondu depuis belle lurette. Sous prétexte de faire le point sur l'enquête, le malotru monologuait. Trop content, et il le dissimulait à peine, de retarder le moment où il devrait nous laisser en tête à tête, le fâcheux s'incrustait.

– Pas de nouvelles de Michalowski. Le pédé à la Mercedes est introuvable. Comment vous expliquez ça ?

– ...

– Et le père Antoine avec son tracteur, n'est pas retourné au Mont. Vous ne trouvez pas ça louche ?

– ...

Malgré tout son professionnalisme, mademoiselle Chapirac, ne répondait pas à son collègue. Elle tournait sa petite cuiller au fond de la tasse comme si, par ce geste incantatoire elle pouvait faire disparaître le gêneur. C'est du moins l'interprétation que j'en faisais, savourant par avance mon triomphe et les félicités qu'il annonçait. Il n'était après tout qu'un peu plus de vingt et une heures et la nuit promettait d'être longue.

Elle le fut incontestablement.

Avec mademoiselle Chapirac ET le Cow-Boy.

Avec Michalowski aussi. Et le fantôme de Cerfeuil, en prime.

Chapitre 25

Il avait déroulé un câble d'acier.

A présent, debout sur la table où gît l'homme nu, il accroche le filin à un palan solidement ancré dans la voûte maçonnée de la cave.

Le câble se termine d'un côté par un crochet, de l'autre par un anneau. Il enfile le crochet par l'anneau et tire. Le câble suit et, seul maintenant, pend le crochet au-dessus de l'homme nu bâillonné.

Il passe le crochet par les liens qui entravent les poignets et les chevilles de l'homme nu. Il hisse le grotesque paquet humain jusqu'à un mètre cinquante du sol poussiéreux et retire la table sur laquelle il était allongé jusque là.

Puis il allume un projecteur et le braque sur l'homme nu qui pend dans le vide comme une pièce de gibier attaché par les quatre pattes, avant le dépeçage.

L'homme nu pousse un cri lorsque le bâillon qui collait à ses joues lui est brutalement arraché. Pour échapper à la lumière aveuglante, il ferme les yeux. Enfin, avec mille précautions, il écarte les paupières et fixe son tor-

tionnaire. Pendant un moment qui semble très long, aucun des deux ne prononce un mot. Enfin l'homme nu parle.

– Je vous ai reconnu, dit-il.

Cassé en deux, dans une position plus qu'inconfortable, il semble cependant défier son bourreau.

– Et maintenant, persifle-t-il, vous allez me battre ?

– Non. Les châtiments corporels sont interdits, c'est bien ça ? Rien ne vaut la douceur. C'est bien toi qui nous l'a appris ? Alors, de la part de Thomas, je t'ai apporté une petite friandise...

Sous sa couche translucide de sucre craquant la pomme resplendit, écarlate.

Puis il y a un long moment de silence, un moment de rien.

– Alors ? dit l'homme nu.

La transpiration ruisselle sur ses côtes saillantes. Une mèche de cheveux trempés de sueur barre son front et voile ses yeux. Le geste à peine esquissé qu'il fait pour relever la tête et recouvrer la vue suffit à faire grincer la poulie à laquelle pend son corps disloqué.

– Alors ? répète la voix off.

– Alors ? Vous cherchez à m'humilier ? Pour cela, mon cher, il vous faudrait un minimum d'imagination. Or vous n'en eûtes jamais ! Votre accoutrement de Père Noël est tout simplement grotesque.

D'une main le Père Noël imprime une légère poussée et le corps se balance. La poulie chuinte à chaque oscillation. Il jette un regard froid à sa victime.

– Je n'aimerais pas être à ta place, mon salaud !

– Je vois que votre vocabulaire est toujours aussi peu châtié, mon...

Il ne peut achever sa phrase. Le Père Noël vient de le gifler d'un revers de la main. Sa lèvre inférieure, éclatée, saigne abondamment. Cela ne l'empêche pas de poursuivre sur le même ton gouailleur.

– Vous venger ? Vous cherchez à vous venger ? Soit, mais faites vite !..

Vous n'êtes et n'avez toujours été qu'un sauvage...

La poussée suivante est d'une violence inouïe et le corps nu heurte le mur du fond. Le bassin brisé, l'homme nu hurle. Déjà une autre poussée, plus forte encore le projette contre les pierres grossièrement taillées.

Cette fois c'est son visage qui s'écrase : nez cassé, mâchoires brisées, arcades béantes...

Avant de perdre connaissance, avant que son crâne n'éclate comme un oeuf, il a la vision d'une caméra qui suit tous ses mouvements...

Maintenant, il frappe de toutes ses forces, avec ses poings durs et épais comme des battoirs. Il vide une rage infinie, sa honte, son humiliation d'enfant, son chagrin d'adolescent et sa folie, dans chacun de ses coups sur cette chair qu'il avait autrefois caressée...

Et lorsqu' enfin, épuisé à force de lever les bras, il s'arrête de frapper, devant l'absence de toute résistance, car l'homme nu est mort et la mort donne à son regard une fixité hallucinée, il reste là, immobile et muet.

Lentement, en un long travelling, il contourne le corps disloqué, mise au point sur la corde qui enserre les chevilles et l'entaille profonde qui boursoufle les chairs, il remonte le long des cuisses couvertes d'ecchymoses jusqu'au bassin tout violet et congestionné, d'une main, il déplace la verge molle et fait un gros plan sur la peau flétrie des testicules...

Coupez !

Dans la cave voûtée, l'ordre résonne, sec et lugubre.

Alors le Père Noël fait ce qu'il avait à faire.

Mais avant, il éteint le projecteur et range la caméra.

Il n'y a plus personne pour réceptionner l'image.

Chapitre 26

La Mercedes avait été repérée par une passante qui poussait un landau. Garée à moitié sur le trottoir, à l'angle de l'avenue de la Marseillaise et de la rue Wencker, la voiture gênait le passage et la dame avait machinalement jeté un coup d'œil à l'intérieur. Elle avait aussitôt composé le 17 sur son téléphone portable. Le temps pour la voiture de Police de se rendre sur place, le temps d'alerter le commissariat central, le temps de joindre Meister par radio, le temps de foncer, toutes sirènes hurlantes, d'Illkirch jusqu'au périmètre de sécurité mis en place par les agents et c'est un nouveau spectacle d'horreur qui se révélait à nous.

A peine dissimulé par un plaid de couleur kaki, recroquevillé entre le siège arrière et les dossiers des sièges avant, le cadavre nu d'un homme mince, d'une cinquantaine d'années, cheveux blonds mi-longs, la tête fracassée en de multiples endroits.

– Michalowski, murmura mademoiselle Chapirac. Cela ne fait aucun doute.

Tandis que je restai à quelque distance, les deux commissaires, après avoir enfilé des gants, déplacèrent les sièges avant pour accéder plus facilement au corps déjà rigide. Meister, un rictus cynique au coin des lèvres me fit signe d'approcher mais sa collègue s'y opposa. Me prenant amicalement par le bras, elle m'entraîna à l'écart.

– Inutile de voir ça. Le crime est signé. Son bas-ventre n'est qu'une immense plaie coagulée.

– Vous lui avez dit pour la pomme d'amour ?

Le « Cow-Boy » nous avait rejoints. Avec sa barbe de deux jours, ses traits tirés et ses vêtements chiffonnés, il avait vraiment une sale tronche mais ses yeux brillaient d'une joie sadique en reposant la question.

– Vous lui avez dit pour la pomme d'amour... dans le trou de balle ?

S'il espérait me faire tourner de l'œil, il se...

..., ben non, il ne se trompait pas du tout. Pour ne pas gerber sur ma compagne, je me précipitai dans le caniveau. Bon sang que ça fait mal quand on n'a rien d'autre dans le ventre que trois expresso !

Quelques badauds massés derrière le périmètre détournèrent les yeux tant mes spasmes violents les révulsaient. Heureusement pour eux (ou malheureusement pour les plus voyeurs), de là où ils étaient, ils ne pouvaient pas apercevoir le cadavre mutilé.

Mademoiselle Chapirac, toujours sereine, posa tendrement son bras sur mon épaule et, pour la première fois, s'adressa à moi en m'appelant par mon prénom.

– Mon cher Claude, je vais demander à une voiture de police de vous reconduire chez vous. Avec le commissaire Meister, nous en aurons pour une bonne partie de la nuit à identifier formellement le cadavre, à relever toutes les empreintes, à faire tous les prélèvements, à rédiger notre rapport... En attendant,... faites de beaux « rrrêves... »

En attendant quoi ? Son sourire en disait long et ma fatuité de mâle imaginait le reste. Cependant, avant de monter dans la voiture, à mon tour je fis signe à Meister de s'approcher. Et à mon tour, je le questionnai.

– Et vous, vous avez dit à votre collègue quel est ce bâtiment néo-gothique devant lequel la Mercedes a été garée ?

– Ben non. C'est la Poste Centrale. Et alors ?

– Poste, avec un **P,** comme dans **pédo...p... !** Cette fois, mon cher Victor, vous ne pouvez nier que l'hypothèse de notre ami se confirme.

Malgré la nuit, malgré l'épaisseur de ses lunettes, je crus distinguer une lueur complice dans l'œil de Fernande Chapirac. Alors que la voiture démarrait, Victor Meister faisait demi-tour en haussant les épaules.

De retour chez moi, une surprise m'y attendait. A l'aide d'un papillon adhésif jaune, collé sur ma porte, monsieur le Proviseur me demandait, quelle que soit l'heure à laquelle je rentrerais, de lui téléphoner. Le message me semblait tellement étrange que je m'exécutai sans tarder. Et moins de cinq minutes plus tard, le proviseur sonnait à ma porte.

Toujours aussi élégant, la cravate du jour remplacée par un foulard de soie parfaitement assorti à une confortable veste d'intérieur rouge bordeaux, chaussé de pantoufles charentaises qui étouffaient le bruit de ses pas, monsieur le proviseur se glissa par la porte à peine entrebâillée en me faisant signe de la refermer immédiatement derrière lui. En parfait petit conspirateur, c'est à voix basse qu'il s'adressa à moi.

– Je vous ai vu rentrer tantôt mais comme... vous comprenez, il y avait ce commissaire...Vous ne l'aimez pas beaucoup, n'est-ce pas ?... alors je n'ai pas voulu... j'ai pensé que... et puis vous êtes repartis sans que... j'ai même pensé un moment vous télé... mais comme vous voilà revenu...

Il parlait de plus en plus bas. Pour finir, il sortit de la poche intérieure de sa veste, en un geste lent et presque théâtral, une pochette en papier kraft affranchie et tamponnée qu'il me tendit en se penchant vers moi pour me chuchoter à l'oreille.

– Voilà... c'était au courrier de ce soir... comme elle vous était destinée... non, rassurez-vous, je ne l'ai pas ouverte, je ne me serais pas permis... mais, je ne sais pourquoi... un geste réflexe..., ça m'a sauté aux yeux, comme ça, sans intention... je ne voulais pas être indiscret, voyez-vous... mais j'ai eu comme un choc quand j'ai vu le nom de l'expéditeur...

L'enveloppe, épaisse, m'était effectivement adressée. Sous le tampon oblitérateur, elle portait la mention suivante écrite au feutre noir épais :

Monsieur Lemmy,
Conseiller Principal d'Education
Lycée du Bâtiment Le Corbusier
Rue Vincent Scotto
67400 ILLKIRCH-GRAFFENSTADEN

Je retournai l'enveloppe pour prendre connaissance de l'expéditeur et j'eus un choc, moi aussi. Dans le coin inférieur gauche, écrit en diagonale :

Exp. Honoré CERFEUIL

– Vous comprenez, continuait de chuchoter le proviseur, vous comprenez mon émotion...ce pauvre garçon... j'avais lu son nom, le matin même dans la presse... je ne savais pas, vous comprenez... et comme il y avait ce commissaire... vous risquiez peut-être des ennuis,... que saisje... alors j'ai préféré... je ne sais si j'ai bien fait ?... Si vous aviez été seul... ou avec Fernande... Car enfin pourquoi ce garçon ?... c'est terrible, ce qui lui est arrivé... mais pourquoi ?...

– Pourquoi l'a-t-on assassiné ?... Ou pourquoi m'a-t-il écrit à moi ? Dans les deux cas, monsieur le Proviseur, je l'ignore, fis-je en me laissant tomber dans un fauteuil. Sachez, monsieur le Proviseur que je vous suis extrêmement reconnaissant pour votre discrétion. Et je rends hommage, si je puis me permettre, à votre sagacité. Je préfère confier cette missive à votre petite-nièce plutôt qu'au commissaire Meister qui, en effet, n'est pas vraiment de mes amis.

J'avais gardé l'épaisse enveloppe à la main. J'hésitai à l'ouvrir, partagé entre ma curiosité bien émoussée par mon état de fatigue et la crainte de nouvelles et terribles révélations. Les messages venus d'outre-tombe apportent rarement de bonnes nouvelles.

– Vous souhaitez attendre Fernande ?... oui, bien sûr, je vous comprends... d'un autre côté, si jamais... mais c'est à vous, cher ami, de... je ne voudrais pas...

Il brûlait de me voir décacheter cette enveloppe. La fièvre de l'enquête policière le consumait. Il voulait être aux premières loges. Je me demandais même si ce n'était pas l'unique raison qui l'avait poussé à différer la remise de l'enveloppe. Et non, comme le prétendait le vieux filou, son désir de me protéger. Il savait bien que la présence des deux commissaires le mettrait sur la touche. Or l'ouverture de cette pochette ne se ferait pas sans lui. C'était clair, il en avait décidé ainsi.

Sans manières, mon supérieur hiérarchique s'était confortablement calé dans le fauteuil en rotin. Bien décidé à patienter avec moi jusqu'au retour de sa petite-nièce, il avait les yeux rivés sur la mystérieuse enveloppe. L'attente risquait d'être mortelle.

Avais-je vraiment le choix ? Soit je refusais d'agir et j'aurais autant de vitalité qu'un octogénaire grabataire pour honorer Fernande, le matin venu. Soit je me décidais à ouvrir la pochette, avec l'espoir que son contenu se révèlerait décevant, voire sans intérêt. Dans quel cas le tonton me lâcherait les baskets et j'aurais le feu vert pour une douche et un somme réparateurs auxquels tout mon être aspirait.

– Après tout, si je décachetais l'enveloppe maintenant, nul ne pourrait m'en tenir rigueur ? Après tout, elle m'était destinée. Le risque c'est que l'on pourrait m'accuser d' avoir détruit ou dissimulé une partie de son contenu. Mais si l'ouverture se fait en votre présence, monsieur le Proviseur, personne ne pourra mettre en doute le témoignage d'une personnalité telle que vous ?

– Vous pouvez compter sur mon témoignage, monsieur Lemmy, déclara-t-il avec une certaine emphase en déplaçant son fauteuil pour le coller à côté du mien.

L'enveloppe de papier kraft contenait une lettre de trois pages, deux disquettes 3 pouces 1/2 pour ordinateur et un disque DVD dont la pochette reprenait l'affiche de Strasbourg, capitale de Noël 2000 : les trois angelots regardant l'étoile. Celle-là même que j'avais vue, en grand, dans la chambre de Thomas Bernoit.

La lettre, tapée avec un traitement de texte informatique, était datée de l'avant-veille et portait sur la deuxième page une signature manuscrite, pleine de fioritures mais cependant bien lisible : **Honoré Cerfeuil.**

Je la lus à haute voix. Le proviseur n'en perdait pas une miette.

Monsieur Lemmy
Conseiller Principal d'Education
Lycée Le Corbusier

Monsieur,

Vous serez sans doute surpris en recevant cette lettre. Je l'écris en toute hâte et je vous prie de ne pas tenir compte de l'orthographe ou du style. Ce que je viens d'apprendre m'a totalement bouleversé et j'ai beaucoup de mal à y voir clair.

Je vous écris à vous parce que vous êtes la seule personne en qui j'ai confiance. Toute ma famille est loin sur l'Ile de la Réunion. Mes compagnons d'entraînement à la salle de boxe ne pourraient comprendre ma peine. Je n'ai, par ailleurs que peu de relations à Strasbourg. Mon ami, mon seul véritable ami, Roby Herrkommen, est mort. C'est de lui que je dois parler. A qui d'autre que vous pourrais-je le faire ?

Hier, dans l'appartement de la Robertsau, vous avez su m'écouter sans idées préconçues et sans vous moquer de moi, contrairement à ce policier homophobe qui me terrorisait. Je suis sûr qu'aujourd'hui vous me lirez avec attention.

Lors du stage que vous avez encadré, j'ai pu mesurer vos qualités d'éducateur et de pédagogue. Je suis persuadé que vous partagerez mon émotion et le dégoût profond que j'éprouve. J'espère en outre vous convaincre du bien-fondé et du sens de ma démarche.

Elle n'est pas facile car ce que vais vous apprendre paraît hélas accabler mon ami. La découverte que je viens de faire ne laisse malheureusement aucun doute : mon ami se livrait à une activité criminelle que je réprouve de tout mon cœur. Et pourtant, malgré cela, je continue et je continuerai toujours de l'appeler « mon ami ». Je l'aimais comme je n'avais jamais aimé personne avant lui. Et tant que je vivrai, je continuerai à le porter dans mon souvenir. C'est la raison pour laquelle, je vous adresse ce courrier, c'est la raison pour laquelle je vais entreprendre tout ce qui est en mon pouvoir pour sauver sa mémoire.

Ce que mon ami a fait est ignoble. Tellement ignoble que je ne peux me résoudre à croire qu'il a pu, par lui-même, imaginer et se livrer à ces actes et à ce commerce inqualifiables sans subir l'influence néfaste ou la pression d'un être malfaisant qui l'obligeait à les commettre. C'est cet homme (mais mérite-t-il le nom d'homme ?) que je vais rencontrer d'ici une heure. Il s'appelle Michalowski Serge *et demeure rue des Platanes à Oberhausbergen.*

– Pas très clair, ce garçon. Je me demande où il veut en venir, questionna monsieur le proviseur pendant que je reprenais mon souffle.

Je ne fis aucun commentaire sur le style et repris ma lecture.

Avant de vous expliquer le sens de ma démarche, je tiens avant toute chose à vous jurer sur ce que j'ai de plus cher au monde que je ne vous ai pas menti. J'ignorais tout des activités criminelles de Roby. Il ne m'en avait même jamais parlé. Tout au plus ai-je omis de vous signaler l'existence du studio vidéo sous les combles. Ce fut un oubli de ma part. Un simple oubli car en trois mois de vie commune, je n'ai pas pénétré plus de deux fois dans cette pièce dont Roby tenait à garder l'usage exclusif sans jamais m'en expliquer les raisons.

Aujourd'hui je me maudis de mon peu de curiosité. Peut-être qu'en le questionnant, m'aurait-il avoué sa coupable industrie ? Dans ce cas, j'en suis sûr, j'aurais réussi à le dissuader de poursuivre. Ne l'ayant pas fait, par négligence ou par naïveté, ne l'ayant pas sauvé de son vivant, j'ai aujourd'hui le devoir de sauver sa mémoire. C'est pour cela que je vais rencontrer le monstre qui le tenait sous son pouvoir et dont j'ai pu trouver le nom et l'adresse. Après ma libération, je me suis souvenu de l'existence du studio. J'en ai forcé la porte et réussi à percer les codes d'accès à l'ordinateur de Roby et à son carnet d'adresses. Après en avoir fait des copies sur disquettes, j'ai détruit toute la mémoire de l'ordinateur.

Ces disquettes hautement compromettantes pour Roby, le sont également pour Michalowski qui était son commanditaire. Je suis sûr qu'il voudra les récupérer à tout prix. En échange, je ne veux pas pas d'argent. Mes motivations ne sont pas mercantiles. J'exigerai de sa part :

1) Une confession écrite par laquelle il reconnaîtra ses activités criminelles et par laquelle il innocentera Robert Herrkommen. Ce dernier, j'en suis sûr, a agi sous la contrainte.

2) Un engagement solennel par lequel il renoncera à poursuivre définitivement ses agissements odieux et révoltants.

Il s'agit de ma seule chance de sauver la mémoire de mon ami. Je mesure les risques que je cours en rencontrant, seul, ce dangereux personnage mais je ne crains pas pour ma vie qui n'a plus aucun sens. S'il refuse, je crains qu'il ne poursuive sa sordide activité. Et ça, je ne peux le tolérer. Je sais trop, pour en avoir moi-même souffert alors que j'avais dix ans, combien les victimes sont marquées à tout jamais.

Voilà pourquoi, Monsieur Lemmy, je vous envoie ci-jointes :

- *Une cassette vidéo*
- *Deux disquettes 3 pouces 1/2*

Je vous en supplie, ne visionnez pas la cassette car son contenu est trop écœurant. J'ai détruit la trentaine de cassettes semblables, stockées dans le studio. Et sans doute destinées à la vente.

Je vous en supplie, ne lisez pas les disquettes, les renseignements qu'elles contiennent sont extrêmement compromettants pour beaucoup de personnalités influentes. Internet permettait une cyber-clientèle sur de très nombreux pays européens et même au-delà.

Je voudrais à tout prix éviter un scandale qui ne manquerait pas de salir à tout jamais la mémoire de mon ami.

Si Michalowski accepte mes conditions, je vous demanderais de me restituer ces preuves afin que je les détruise. Je me contenterai de ses aveux écrits pour l'empêcher de récidiver. Voilà la raison pour laquelle je vous confie la garde momentanée de ces documents.

Si je n'avais pas repris contact avec vous dans les prochaines 48 heures, cela signifierait qu'il m'est arrivé malheur. Dans ce cas, dans ce cas seulement, prenez connaissance de leur contenu ou, si vous ne souhaitez pas le faire vous-même (ce que je comprendrais), confiez-les à la police. Il ne faut pas que cette ordure et ses clients puissent poursuivre impunément leur œuvre malfaisante.

Ma démarche peut vous paraître étrange. Sa réussite dépend en grande partie de vous. Mes seules motivations sont de préserver la réputation de mon ami tout en mettant un terme à des pratiques sordides.

Merci de ne pas trahir la confiance que je place en vous.

Acceptez l'expression de ma plus haute considération.

Honoré Cerfeuil

Pendant un long moment, nous restâmes silencieux. Enfin monsieur le proviseur, se tortillant dans le fauteuil de rotin, toussota et d'une voix fluette posa la question qui lui brûlait les lèvres.

– Bien sûr, je comprends... cependant... et comme vous le disiez précédemment... ne serait-il pas... enfin ne conviendrait-il pas, par mesure de sécurité, j'entends...on ne sait quand les commissaires reviendront... de... de visionner cette cassette ?

– Impossible, dis-je, je n'ai pas de magnétophone. Ma femme a tout emporté.

– Ah !

Le proviseur était déçu. Il faisait la moue mais il ne quittait pas son fauteuil pour autant. Il frottait ses deux mains l'une sur l'autre comme les mouches devant une goutte de miel. Une nouvelle fois, il toussota.

– Bien sûr... bien sûr... Mais si je pouvais me permettre... ce n'est qu'une suggestion évidemment... mais j'ai chez moi... c'est vous qui décidez, bien entendu...

Je n'avais nulle envie d'accompagner le proviseur dans son appartement. Je n'avais nulle envie de visionner cette cassette dont le contenu, cela ne faisait aucun doute dans mon esprit, ne pouvait que me dégoûter. Je n'aspirais qu'au sommeil. Je tombais tellement de fatigue que mon raisonnement, et mes défenses sans doute, en furent altérés.

Voilà pourquoi, trop content de trouver là un moyen de me débarrasser du gêneur, je commis l'erreur impardonnable.

– Veuillez m'excuser, monsieur le Proviseur, je suis trop fatigué. Mais si vous voulez emporter tout ça chez vous pour...

Il était déjà parti.

Ce fut, de ma part, plus qu'une erreur. Ce fut une faute.

Chapitre 27

Ma nuit, une nouvelle fois, fut solitaire et agitée. Les songes les plus voluptueux et les plus répugnants cauchemars alternèrent, dans la plus grande confusion. Fernande Chapirac, plus lascive que jamais, y tint une place de choix. Mais à l'image sensuelle de son beau corps blanc, se substitua la vision terrifiante d'autres corps livides et velus, effroyablement mutilés. Mes rêves fiévreux et incohérents, étaient encore peuplés de pères Noël séniles et paillards, de policiers lubriques et d'angelots aux yeux tristes, fessus et impudiques, leurs ailes blanches dans le dos...

Je repris mes esprits, trempé de sueur et la bouche pâteuse comme on se réveille au lendemain d'une cuite carabinée. Un coup d'œil à ma montre m'apprit qu'il était déjà plus de neuf heures. Ainsi, malgré les cauchemars, j'avais dormi comme un malade. Ni la chiche lumière hivernale filtrant à travers les volets clos, ni l'activité réduite du lycée en ce samedi matin n'avaient pu me tirer d'un sommeil proche de l'engourdissement. Il faut dire que les multiples aventures de ces derniers jours m'avaient littéralement épuisé. Je parle de mes aventures policières. Pas de mes aventures sentimentales.

Il me fallut plusieurs minutes pour remettre un peu d'ordre dans ma cervelle brouillée, peu habituée à enregistrer une telle cascade d'évènements, en un laps de temps aussi court. Récapitulons :

– samedi : en compagnie de mademoiselle Chapirac, découverte près de l'Hôtel du Préfet du cadavre du père Noël.

– dimanche : le corps, affreusement torturé et émasculé est identifié comme étant celui d'un ancien pion, Robert Herrkommen, homosexuel, demeurant dans une belle villa de la Robertsau.

– lundi et mardi : les attributs virils de la victime sont retrouvés successivement devant le Palais Episcopal, la Direction des Douanes et le Mess des Officiers. (P.E.D.O. ?)

– mercredi : escapade au Lycée de Rothau puis au village du Mont où Thomas Bernoit, ancien du TRIO, se meurt du SIDA.

– jeudi : découverte du studio vidéo de Herrkommen dans l'immeuble appartenant au député européen Herr Geloffener. Honoré Cerfeuil, l'ami de Herrkommen, est retrouvé abattu d'un coup de revolver.

– vendredi : Incendie de la ferme du Mont. Découverte de deux corps carbonisés (Thomas et sa mère ?) (meurtres ou suicides ?) (Disparition du vieil Antoine). Michalowski, ex-prof et ex-ami de Herrkommen est retrouvé assassiné et émasculé devant la Poste centrale.

Réception d'une lettre, d'une cassette et de disquettes adressées à moi par Honoré Cerfeuil avant son assassinat dont il accuse prémonitoirement Michalowski.

En une semaine, reconnaissez que le bilan est terrifiant, propre à bouleverser l'entendement d'un fonctionnaire de l'Education Nationale. Car, si je comptais bien, nous en étions à cinq morts, tous trucidés de morts violentes : deux saignés à l'arme blanche, deux carbonisés, un révolvérisé.

Sans parler des trépas plus anciens : celui de Louis Bernoit, père de Thomas, décédé il y a trois ans et l'accident de moto qui emporta, voilà deux ans, Oscar Schmidt, membre du TRIO. Rien ne permettait d'ailleurs de penser que ces deux décès puissent être en liaison avec l'enquête en cours.

Au chapitre des disparus (ou non localisés), signalons Ismaël Shückret, lui aussi membre du TRIO tout comme le prénommé Raoul (Armbruster, Finding ou Weiss ?) sans oublier le vieil Antoine, livreur de sapins. Aux absents ainsi répertoriés, il convenait d'ajouter, momentanément du moins, mademoiselle Chapirac qui, à ma grande déconvenue, ne m'avait pas rejoint, cette nuit. Car, si en terme de bilan hebdomadaire la colonne « Pertes et trépas » était abondamment garnie, celle, en revanche, des « Amours et ébats » restait désespérément vide pour ne pas dire vierge.

Cette pensée suffit à réveiller en moi un stupide accès de jalousie. Je dis stupide car depuis ma pitoyable expérience matrimoniale avec Lisa, je m'étais juré de ne plus succomber à ce sentiment qui n'est après tout que l'aveu de sa propre faiblesse et de son incapacité maladive à accorder sa confiance. Il n'est pire cocu que le roi des jaloux. Il n'a que ce qu'il mérite. J'avais beau me le répéter, la vision d'un Meister triomphant balayait toutes mes bonnes résolutions. Que Fernande Chapirac me trompe, soit, nous n'étions pas liés. Mais pas avec Meister ! Pas avec ce pandore mal léché ! Pas avec ce malotru suffisant ! Pas...

Mais à y bien réfléchir, elle est tout simplement chez tonton !... Trop fatiguée après avoir bouclé l'enquête sur le meurtre de Michalowski, elle n'aura pas voulu me réveiller en pleine nuit. Elle sera allée chez le proviseur et, à l'heure qu'il est, elle doit sagement dormir à l'étage au-dessus. A moins qu'elle ne soit déjà en train de visionner la cassette ou de lire les disquettes que le tonton lui aura confiées ?

Bien décidé à en avoir le cœur net, je passai rapidement sous la douche avant d'avaler un Nescafé tiède. Rasé de frais, vêtu de neuf, je sonnai timidement à l'appartement de Monsieur le Proviseur. C'est Madame qui entrouvrit le battant. Cette grande femme sèche au visage martial, avait un haut sentiment de la hiérarchie au sein d'un établissement scolaire. Moyennant quoi, en tant qu'épouse du Chef, elle s'était arrogé le droit de régenter la vie de toutes les familles des subordonnés logés dans les appartements de fonction. La règle numéro un voulait que nul ne vienne déranger, pour quelque raison que ce soit, le repos dominical de son auguste époux.

– Non, Mademoiselle Chapirac n'a pas passé la nuit chez nous, me répondit-elle d'un air pincé.

– Et Monsieur le Pro...

– Non, monsieur le Proviseur est sorti. Elle fronça les sourcils comme pour souligner le caractère inconvenant de mes questions.

Mon visage dut afficher un tel dépit, que pour me signifier mon congé et couper court à toute nouvelle interrogation de ma part, elle ajouta, hautaine :

– Notre ami, monsieur le Procureur de la République, a prié mon mari de passer chez lui, ce matin. Je ne sais quand il rentrera.

Déjà la porte se refermait. L'entretien était clos. Loin de répondre à mes questions, madame le proviseur en suscitait de nouvelles : elle était certes rarement aimable, mais elle avait paru particulièrement pressée de me congédier. Pourquoi ? Que cachait cette « invitation » du Procureur ? Etait-elle purement amicale ou était-elle en liaison avec l'enquête ? Le proviseur aurait-il emporté la cassette et les disquettes chez le Procureur ? Dans ce cas pourquoi ne pas m'en avoir informé ? N'avais-je pas été imprudent de les lui confier ?... Et mademoiselle Chapirac, pourquoi ne donnait-elle pas signe de vie ? A quelles turpitudes ou à quel excès de zèle policier se livrait-elle depuis hier soir ? Dans les deux cas, il me semblait que j'étais en droit de savoir ? Non ?

Inutile de ruminer mes doutes et de tourner en rond dans mon salon. Autant aller à mon bureau et tenter de rattraper le temps perdu pendant toute cette folle semaine. J'avais un abondant courrier en retard sans parler d'une « enquête urgente » pour le Rectorat. Cette dernière expression est d'ailleurs un pléonasme tant toutes les enquêtes destinées au Rectorat sont toujours « urgentes ». Celle-ci concernait les phénomènes de « Violence à l'Ecole », sujet à la mode, sujet grave, mais dont les manifestations me paraissaient soudain dérisoires en comparaison des horribles évènements auxquels j'avais été confronté ces jours derniers.

Malgré tout, je m'efforçai consciencieusement de renseigner les différentes rubriques de l'imprimé que j'avais sous les yeux :

TYPE D'INCIDENT GRAVE	Nombre d'incidents durant le trimestre
* **Vol et trafic**	– vol avec effraction – vol sans effraction
* **Recel**	
* **Trafic**	– trafic de stupéfiants – autre(s) trafic(s) à préciser

Le mois précédent, deux élèves externes avaient été arrêtés par la brigade des stupéfiants alors qu'ils vendaient quelques barrettes de shit aux portes du lycée. Tout en complétant le questionnaire, je ne pus m'empêcher de penser à Herrkommen et à Michalowski et au trafic lucratif - qualifié de répugnant par Cerfeuil - auquel, d'après lui, tous deux se livraient. Selon toute vraisemblance, il ne s'agissait pas d'un trafic de stupéfiants. Si mon hypothèse est bonne, ils vendaient fort cher du matériel pornographique à caractère pédophile. Sous forme de cassettes vidéo(il faudra visionner celle que j'ai confiée au proviseur) et sans doute par internet, à travers un réseau international de cyber-pédophiles. Les disquettes copiées par Cerfeuil constitueraient le fichier-adresses des clients habituels ou potentiels. Dans ce cas, ce fichier pourrait être compromettant pour des dizaines, voire des centaines d'individus. Vivement que le proviseur revienne afin que nous puissions, si ce n'était déjà fait, confier ces pièces à conviction à la justice. En attendant, je continuai mon enquête :

ATTEINTES AUX BIENS	
* **dégradation de locaux**	– tags – détériorations
* **dégradation de bien meubles**	
– destructions	– de véhicules – de matériel informatique – de matériel vidéo – autres

Quelques carreaux cassés à l'internat, quelques tags sur les murs à l'adresse de « Sprautel, l'enculé »... rien de bien marquant...mais, et je ne pus m'empêcher de revenir à l'enquête qui me préoccupait, pourquoi ce matériel vidéo ultra-sophistiqué dans la mansarde de Herrkommen ? Uniquement pour repiquer et dupliquer des cassettes ? Se contentait-il de télécharger et de stocker des programmes préexistants sur le réseau internet ? Ne serait-il pas, en association avec son complice Michalowski, réalisateur de photos et de films à caractère pédophile ? Et dans ce cas les enfants victimes de leurs actes ignobles ?... Se pourrait-il que ?... Je n'osais poursuivre mon raisonnement jusqu'au bout tant l'idée, qui soudain me traversait l'esprit, suscitait en moi horreur et dégoût...

Comme je ne voyais revenir ni le proviseur, ni mademoiselle Chapirac, autant reprendre mon enquête administrative :

VIOLENCES AUX PERSONNES

* **agression verbale**		– injures	
		– menaces	
* **coups et blessures**			
	– avec arme	– à feu	
		– blanche	couteau
			cutter
		– bombe lacrymogène	
		– autres	
	– sans arme		
* **racket**			
* **violences sexuelles**			

J'eus brusquement envie de balancer enquête et stylo à travers le bureau. Mon métier c'était « Conseiller d'Education ». Tu parles de conseils ! Tu parles d'éducation ! Meister pouvait se payer ma tête : on faisait le même boulot. Du flicage. Plus que jamais, je prenais conscience à quel point l'Ecole n'était que le reflet de notre société. Ce questionnaire destiné à faire un état des violences « scolaires » me ramenait encore et toujours aux abominables crimes perpétrés ces derniers jours dans la cité.

Tout y était : les coups et blessures allant jusqu'aux tortures les plus raffinées, le revolver, le cutter (ni pomme d'amour, ni choucroute cependant !) les violences sexuelles, les mutilations, les tendances pédophiles, les menaces du vieil Antoine - où était-il celui-là ? - quel était son rôle dans cette histoire ? - Comment le retrouver dans Strasbourg sans connaître son nom ? - A moins... à moins qu'il ne soit en parenté avec le fameux Raoul, celui de l'ex TRIO ? - dans ce cas, il pourrait s'appeler Armbruster, Finding ou Weiss ? Je me maudis de ne pas y avoir songé plus tôt.

L'annuaire de France Télécom me fournit une piste. Un certain Finding Antoine habitait rue Jacob à Strasbourg Cronenbourg. Voilà un renseignement que Chapirac ou Meister auraient intérêt à exploiter. Mais comment les joindre ? J'essayai le Commissariat Central. Sans résultat. On refusa de me relier aux deux commissaires.

N'étais-je pas en train de fantasmer et de me prendre pour Maigret ou Sherlock Holmes ? Est-il possible que Chapirac n'ait pas fait le même raisonnement que moi ? Meister, d'accord, mais pas Chapirac ! Elle a dû procéder aux mêmes recherches et aboutir à la même adresse ?

Pendant une bonne partie de l'après-midi, j'avais ressassé ces questions tout en guettant un hypothétique retour du Proviseur ou un improbable appel téléphonique. Cette attente insupportable, ce silence inexplicable me mettaient hors de moi. L'inaction allait me rendre dingue.

Tant pis. Une imprudence de plus ou de moins, je n'étais plus à ça près. Je rédigeai un mot que je collai sur ma porte. Au cas où ? Le mot disait ceci :

Samedi, 16 heures.
Je me rends rue Jacob
Strasbourg-Cronenbourg
chez un dénommé
Antoine FINDING

Chapitre 28

En arrivant à Cronenbourg, je constatai que d'autres, avant moi, avaient eu la même idée. Devant la façade à pignon de style néo-Renaissance de l'église protestante St-Sauveur, stationnaient déjà deux voitures blanches à bandes tricolores et un fourgon de police de couleur bleue. Sans parler des fidèles, assez nombreux en ce samedi soir, et des inévitables curieux enracinés dans le pavé de la place. Intriguée elle aussi, Madame le Pasteur, en toge noire et rabat blanc, debout en haut des quelques marches, ne semblait guère pressée : le concert de Noël de la chorale « Cantabella » attendra. Et tant pis pour l'inscription couronnant le magnifique portail de grès rose qui affirmait « GOTT ALLEIN DIE EHR »* Un tel rassemblement de police sur le parvis de son temple méritait quelque attention.

Tous avaient les yeux fixés sur une vieille maison de la rue Jacob, dissimulée derrière un haut mur couvert de lierre. Le portail à double battant était gardé par des poli-

* « A Dieu seul la gloire ».

ciers en tenue qui voulurent me barrer le passage. Le brigadier, par chance, me reconnut et leur fit signe de me laisser passer. Aussitôt je remarquai, rangé le long du mur et partiellement recouvert par une bâche plastique, un tracteur et sa remorque, immatriculés 88 (département des Vosges). Juste comme je m'apprêtais à grimper les quelques marches, le commissaire principal Meister apparut sur le perron.

Malgré la situation, je dus me retenir pour ne pas pouffer de rire. Pauvre Meister. Il n'était plus qu'une loque vivante. Je ne parle pas de son éternel feutre aux bords avachis, ni de ses habituels jeans informes, ni même de son blouson maculé. Je parle de sa face plus grise que le ciel d'hiver, sillonnée de rides profondes ; je parle de ses yeux injectés de sang, soulignés par des cernes que l'on aurait dit tracés au charbon de bois ; je parle de ses épaules voûtées, de son torse recroquevillé sur son ventre comme par une diarrhée tenace.

– Alors, vous avez retrouvé le vieil Antoine ?, lui demandai-je. Il s'appelle bien Finding ?

– Non..., j'veux dire, oui, grommela-t-il d'une voix à peine perceptible. S'appelle bien Finding, mais le vieux n'est plus là... Par contre...

Il s'interrompit et, au-dessus de ma tête, je le vis faire de grands signes de la main en direction du cordon de police qui interdisait l'entrée de la cour. Il héla le brigadier.

– Laissez passer... oui, laissez passer monsieur Fischer...

Il descendit les quelques marches pour aller à la rencontre du dénommé Fischer, un type grand, mince, dans la quarantaine, en costume de velours côtelé marron. Avec un long foulard tricoté autour du cou et sa tignasse frisée, il tenait d'un caniche. Un mégot de cigarette papier maïs, éteint, était fiché au coin de ses lèvres minces.

– Salut Victor ? Merci de m'avoir prévenu, dit Fischer en serrant vigoureusement la main du commissaire.

– Pas de quoi. Je pense que ça devrait t'intéresser. Tu vas bien, Greg ?

Sans attendre de réponse, Meister saisit l'extrémité du foulard et, comme on le ferait avec une laisse, entraîna Fischer derrière lui. Il m'avait oublié et faillit me bousculer en remontant les marches. Il s'arrêta, indécis, avant de faire des présentations sommaires.

– Fischer Grégoire, dit Greg. Journaliste aux Dernières Nouvelles. Un pote... Claude Lemmy. Conseiller Principal d'Education. Un...

– Un auxiliaire occasionnel de la police, complétai-je, pour couper court à son embarras. Vous venez, monsieur le commissaire principal, de me confirmer que nous étions bien au domicile de monsieur Antoine Finding. Que ce dernier était momentanément absent et... vous vouliez ajouter quelque chose, non ?

Je le pressai de terminer la phrase commencée avant l'arrivée impromptue du journaliste. Il me regarda un moment qui me parut très long. Son silence et la lueur étrange au fond des ses prunelles annonçaient des nouvelles surprenantes.

– Oh, et puis merde, t'as qu'à venir avec nous, fit-il en nous désignant d'un geste désabusé un escalier menant vers la cave.

Je ne relevai pas le tutoiement, signe du désarroi profond dans lequel se trouvait Meister et je lui demandai.

– La commissaire Chapirac est-elle là en-bas ?

– Non, partie... depuis une heure... au Parlement Européen... laconvocation semblait vraiment urgente.

– Pour quoi faire ?

– Je n'sais pas... convoquée... urgent, ..., très urgent, paraît-il... appel de la Préfecture... Meister était tellement épuisé qu'il n'était plus en mesure de formuler des phrases entières.

Le « Cow-Boy » était sur le point de pénétrer dans la maison, lorsque la sonnerie de son portable l'immobilisa sur le seuil. Je le vis hocher la tête à plusieurs reprises, fourrager nerveusement sous son feutre, tenter de protester avant de se figer, talons joints, en un réflexe de soumission. Lorsqu'il se tourna vers nous, il était d'une pâleur proche de la lividité.

– Convoqué, fit-il d'une voix aussi blanche que son teint. Convoqué... Moi... Par le dirlo... Extrême urgence... Peux pas en dire plus ...

Puis, se tournant, vers le brigadier stationné dans la cour, il ordonna sèchement, comme s'il se révoltait contre un ordre inique : « Conduisez ces messieurs-là en bas. » Enfin nous le vîmes, bossu de lassitude, grimper dans une voiture blanche qui démarra aussitôt toutes sirènes hurlantes. Pour être urgente, la convocation semblait vraiment urgente.

Guidés par le brigadier, nous descendîmes dans une cave banale, faiblement éclairée par une unique ampoule nue accrochée au plafond. Là s'entassaient en un fouillis hétéroclite deux ou trois carcasses de vélos rouillées, un vieux matelas à crin, une malle en osier éventrée et une multitude de caisses poussiéreuses sur des rayonnages envahis par les toiles d'araignée. Le brigadier nous invita à le suivre. Derrière l'un des rayonnages, une porte donnait sur un nouvel escalier au bas duquel ma surprise fut totale. Après une vingtaine de marches grossièrement taillées dans le roc, nous débouchâmes dans une vaste cave dont les parois suintantes d'humidité étaient creusées à même la roche alors que d'énormes piliers de pierre alignés en sa partie centrale soutenaient une voûte partiellement maçonnée. Le fond de cette immense cave était obstrué par un éboulis de rochers et de briques mêlées. Le brigadier m'apprit qu'il s'agissait d'une très ancienne cave de stockage de bière, creusée il y a des siècles par la brasserie Kronenbourg. D'après lui, qui habitait le quartier, le sous-sol du faubourg est ainsi parcouru par des kilomètres de galeries et de caves, partiellement effondrés, dont nul ne connaît le réseau exact.

Au milieu du cellier, deux puissants projecteurs éclairaient un palan rouillé, fixé au plafond au-dessus d'une sorte de tréteau poisseux. Des taches sombres et visqueuses souillaient le dallage irrégulier du sol. La présence d'une caméra vidéo abandonnée sur son trépied, paraissait étrangement anachronique. Deux inspecteurs en blouse blanche, penchés sur un volumineux récipient en grès de Betschdorf, en retiraient, à l'aide d'une pince, des filaments de choucroute. Avec soin, ils les glissaient dans une pochette plastique transparente. En nous apercevant, ils protestèrent bruyamment, qu'on les empêchait de faire leur boulot correctement, que c'était pas du spectacle et qu'ils en avaient plus que marre de bosser dans ces conditions, surtout un samedi soir...

C'est en faisant demi-tour que j'aperçus, partiellement dissimulés par une rangée de boudronnes en paille tressée, les contours tracés à la craie d'une silhouette humaine. Une tache plus sombre sur le ciment, à hauteur de la tête, ne laissait aucune place au doute : une nouvelle victime s'ajoutait à la liste déjà longue des morts violentes.

Malgré la nausée qui me guettait, j'interrogeai le brigadier.

– C'est le vieux Finding ?

– Non. C'est un dénommé Choucroute.

– Comment dites-vous ?

– Ben, Choucroute, ou un nom comme ça ! Un Arabe qui s'est tiré une balle dans le crâne quand on a voulu l'appréhender.

– Attendez, dit le journaliste en consultant un petit carnet à spirale qu'il avait retiré de sa poche. Attendez... Il ne s'appellerait pas plutôt Shückrett ?

– Un nom comme ça... Vous savez, je n'suis que brigadier, répondit-il en haussant les épaules d'un air désabusé. Alors Choucroute ou Shückrett, c'est presque pareil, non ?

– En effet, approuvai-je. C'est presque pareil. Presque.

Combien de fois, au lycée, n'ai-je pas entendu des professeurs écorcher volontairement le nom d'un élève. Sprauel est coutumier du fait. Le procédé déclenche immanquablement les ricanements des potaches. La plaisanterie est rarement appréciée par l'élève qui en est victime. Il se rebiffe, il proteste. Le ton monte et Sprauel m'envoie le récalcitrant « exclu pour insolence ». Si un professeur se comporte de la sorte, puis-je en faire le reproche à un simple brigadier ?

– En effet, Choucroute ou Shückrett, c'est presque pareil, répétai-je. Et de son prénom, s'appelait-il Ismaël, par hasard ?

Greg Fischer me regarda, surpris. Il consulta une nouvelle fois son carnet et confirma mon hypothèse : Ismaël Shückrett. Ainsi, l'homme qui s'était donné la mort en ces lieux n'était autre que l'un des membre de l'ex TRIO du lycée de Rothau. Trois d'entre eux étaient donc décédés, à coup sûr. Et de mort violente. Accident de scooter pour Oscar. Incendie du Mont pour Thomas. Suicide pour Ismaël. Qu'est-il advenu du quatrième, de Raoul Finding ? Est-il encore en vie ? Se pourrait-il qu'il soit complice de notre assassin tortionnaire ? J'étais persuadé que le vieil Antoine Finding serait en mesure d'apporter beaucoup de réponses à toutes ces questions. Le tracteur du Mont était garé dans la cour, mais le vieux conducteur n'avait toujours pas été retrouvé.

– Est-on bien sûr qu'il s'agit d'un suicide ?, questionna Fischer.

– Sûr et certain, affirma le brigadier. La plaie, la position du corps, le revolver dans la main, la commissaire principale Chapirac est formelle. C'est elle qui, la première, a découvert le cadavre. Par ailleurs, la cave n'a pas d'autre issue et il n'y avait personne d'autre dans la maison, quand on a entendu le coup de feu.

– Et Finding, le vieux Finding Antoine ?, demandai-je.

– Disparu. Volatilisé. C'est lui ou un précédent propriétaire qui a percé l'escalier pour accéder à la seconde cave. C'est vachement pratique pour conserver au frais des patates, du pinard...Ils sont nombreux, dans le quartier, à l'avoir fait. Ni vu, ni connu.

– Il est bien le seul à y avoir aménagé une salle de tortures !

Le brigadier opina du képi. Certaines analyses étaient encore en cours, mais il était d'ores et déjà convaincu que c'était ici, à dix mètres sous terre, que Herrkommen puis Michalowski avaient été torturés, tués puis émasculés. L'auteur de ces forfaits abominables n'étant autre que cet Arabe « Choucroute ou un nom comme ça. » De plus, on aurait trouvé dans les poches du suicidé trois sachets contenant des organes génitaux mélangés à des « p'tits Jésus » en sucre soufflé.

– Mais pourquoi ces crimes abominables ? Pourquoi ces mutilations ?

Le brigadier hocha la tête d'un air entendu :

– Les Arabes, regardez ce qu'ils font en Algérie ! Ils s'égorgent entre eux, alors...

Pour le brigadier, l'explication était suffisante. Elle était loin de me satisfaire. Si l'ex-membre du TRIO a assassiné son ancien pion, puis son ancien prof, nous ignorons tout de ses mobiles. La mise en scène démonstrative de ses actes laisse à penser qu'il pourrait s'agir d'une vengeance. Pour des actes commis à l'époque du lycée de Rothau ou pour des agissements plus récents ? A-t-il agi seul ou avait-il un ou plusieurs complices ?

Je fus interrompu dans mes réflexions par un glapissement aiguë, amplifié par les voûtes maçonnées de la cave. En haut des marches, nimbée par la lumière venant du couloir, se découpait la silhouette replète d'un individu de petite taille. Il se précipita en bas de l'escalier, droit sur le journaliste Greg Fischer devant lequel il se planta en gesticulant. Il avait beau se hisser sur la pointe des pieds, il lui rendait au moins quarante centimètres. Il piailla de plus belle :

– Vous ici ? C'est proprement inadmissible. Vous n'avez rien à faire ici avant que l'enquête ne soit terminée. J'en référerai au Procureur. Vous aurez de mes nouvelles ! Sortez immédiatement, sinon je vous...

– Inutile, Monsieur le Substitut, c'est inutile. Je ne fais que mon métier.

En disant cela, il présenta au magistrat sa carte de presse. La précaution pouvait paraître superflue tant les deux semblaient se connaître (et se détester). Mais il est certains gestes qui, comme des rites ancestraux, facilitent parfois des rapports humains tendus.

– Pour l'instant vous empêchez la police de faire le sien correctement. Par votre présence, vous entravez le cours de la justice, vous...Et d'abord qui vous a autorisé à pénétrer ici ? Ne serait-ce pas votre ami, le commissaire principal Meister ? Il aura de mes nouvelles, celui-là ! C'est inadmissible ! Scandaleux ! C'est...

Greg Fischer, sans se départir de son calme, inclina le buste devant le petit homme en costume trois pièces gris anthracite : « Je vous présente mes respects, Monsieur le Substitut. Je me retire. » Puis, se tournant vers moi, il ajouta : « Vous venez avec moi, cher collègue ? Laissons la police et la justice œuvrer en toute sérénité ! »

Jusque-là, le substitut ne m'avait guère prêté attention et je me demandais comment je pourrais me sortir de ce mauvais pas. Il tourna sa grosse tête ovoïde et chauve de mon côté. Ses petits yeux gris fulgurèrent lorsqu'il me repéra. Je crus qu'il allait s'étouffer. D'une main soigneusement manucurée, il chercha à desserrer l'écharpe de soie grise qu'il portait nouée très haut sous le menton. J'esquissai un vague salut et, avant qu'il ne reprenne son souffle, je me hâtai sur les talons de Greg Fischer. Le journaliste m'avait qualifié de « cher collègue. » Heureusement pour moi qui n'avais ni carte de presse, ni véritable raison de me trouver sur les lieux. Le substitut ne chercha pas à me retenir. Ni à me demander mon identité.

Je ne fus pas mécontent de quitter ce local souterrain poussiéreux qui sentait le moisi, la saumure, la pisse et le sang. Je remerciai Fischer.

– Il valait mieux. Avec la presse, il n'ose pas trop. Vous, c'est pas pareil. Excité comme il l'est, vous risquiez des ennuis.

– C'est qui ?, demandai-je.

– Bengaga. Alexandre Bengaga, substitut du Procureur de la République.

– Et il est toujours comme ça ?

– Toujours, non. Mais souvent. Monsieur Bengaga n'aime pas la presse en temps ordinaire. Avec ces crimes en série, il est particulièrement remonté. Il a peur de ce que nous pourrions découvrir et publier. Peur d'un scandale possible qui pourrait nuire à sa carrière. Ce n'est sans doute pas pour rien qu'il s'est précipité jusqu'ici. L'affaire doit préoccuper en haut lieu.

Tandis que nous nous dirigions vers ma voiture, Fischer s'efforçait, malgré les bourrasques de vent de rallumer sa cigarette. Peine perdue. Après trois tentatives, il retira le mégot de ses lèvres, le contempla un instant, pensif, puis le jeta dans le caniveau. J'interrompis sa méditation.

– Comment se fait-il, monsieur Fischer, que vous connaissiez le nom de l'homme qui vient de se suicider ?

– C'est simple, Victor Meister m'a informé du suicide par téléphone. Il savait que je connaissais le dénommé Shückrett pour l'avoir interviewé récemment. Mais à mon tour de vous poser une question : Comment, vous, connaissiez-vous son prénom ?

– Oh, ça ! C'est une longue histoire, monsieur Fischer.

– J'adore les histoires, me fit-il alors que nous arrivions place Mathieu Zell.

Cela ne vous dirait pas d'aller boire un grog ? On pourrait mutuellement se raconter ce qu'on sait ? D'accord ? Il y a un bistrot au coin, qui nous tend les bras.

Chapitre 29

La salle du bistrot était surchauffée. En un clin d'œil, mes lunettes furent couvertes de buée et c'est presque à tâtons que j'accompagnai Fischer vers une des tables du fond. Les quelques clients attablés, tous des habitués, ne nous prêtèrent qu'une attention discrète. Avant de prendre place, le journaliste retira la longue écharpe tricotée qu'il portait enroulée deux fois autour du cou. Minutieusement, il la plia en deux, puis en quatre, et en huit, pour la poser enfin sur la chaise vide à ses côtés. Je ne sais pas pourquoi, mais il me rappela le curé de mon village, à l'époque où, pour faire plaisir à ma mère, je servais la messe. Le même rituel, la même onctuosité du geste pour plier l'étole, pour élever le calice et le porter à ses lèvres...

– Pas fameux, ce grog. Le patron n'a pas forcé sur le rhum !

Je hochai vigoureusement la tête ; Fischer avait mille fois raison et je m'étais brûlé les lèvres au contact de ce breuvage fade et bouillant. La douleur était si forte que j'avais du mal à parler. Je me contentai d'écouter le journaliste. Il me fit le récit des derniers événements portés à sa connaissance par son copain Meister, « un vrai pote, on se connaît depuis le Fustel ! » Certaines amitiés scolaires sont inaltérables. Pour preuve le TRIO.

Aujourd'hui, vers midi, une patrouille de police dépêchée par les commissaires Meister et Chapirac, découvrait dans le jardin de la rue Jacob, le tracteur et la remorque immatriculés dans les Vosges. Alors qu'ils cherchaient à pénétrer dans la maison, ils étaient accueillis par des coups de feu. Ils donnèrent l'alerte et la maison fut bientôt cernée par les forces de l'ordre appelées en renfort. La brigade spéciale d'intervention donna l'assaut vers quinze heures sans rencontrer de résistance.

La commissaire principale Chapirac était sur place. Elle découvrit la double cave et le corps sans vie d'un individu qui s'était tiré une balle dans la tempe droite. Il avait sur lui des papiers d'identité au nom de Ismaël Shückrett. Chapirac en informa immédiatement son collègue Meister qui se trouvait à ce moment-là chez le Procureur de la République. Et Meister, avant de foncer à Cronenbourg, refila le tuyau à son pote le journaliste. Voilà comment nous nous étions retrouvés tous les quatre dans la maison du vieux Finding. Ou plutôt tous les deux, puisque Meister, après Chapirac, furent convoqués d'urgence par leur hiérarchie.

Le grog avait tiédi sans que j'y retrempe mes lèvres. On avait commandé deux bières. Servie bien fraîche sous sa coiffe de mousse, nous goûtions cette délicieuse boisson, à petites gorgées en l'accompagnant d'un bretzel craquant à souhait.

– Ce n'était pas une bonne idée de commander un grog, remarqua Fischer. Rien ne vaut un bon demi. Même en hiver.

– Vous avez raison. Dans mon village, autrefois, en hiver, on buvait de la bière réchauffée. Avant de servir le demi, on le baignait dans un bac d'eau chaude...

– Ou on trempait directement dans le bock le tisonnier retiré du poêle. Je me souviens très bien...

Etait-ce la chaleur émolliente du lieu ? Etait-ce le cadre désuet et vieillot de ce bistrot de quartier ? Ou les échos feutrés des conversations en dialecte autour des tables voisines ? Nous nous sentions gagnés par une sorte de quiétude. Loin des fracas de la ville. Loin des tragiques et sanglants épisodes de ces derniers jours. Greg, (nous nous appelions par nos prénoms) avait sorti son paquet de Gitanes, papier maïs. Je me sentais flotter dans une telle béatitude sereine que je faillis accepter la cigarette qu'il m'offrait. Au risque de replonger dans la dépendance tabagique. Au dernier moment, je regardai sa main : l'index, le majeur ainsi que le gras du pouce étaient jaunis de nicotine et de goudron. Je refusai poliment.

Tandis que nous sirotions notre deuxième bière, (à moins que ce ne soit la troisième ?) je racontai à Greg la piste qui m'avait amené jusqu'à la maison de Finding Antoine et au cadavre d'Ismaël Shückrett : la découverte du cadavre de Herrkommen en compagnie de mademoiselle Chapirac, puis l'assassinat de Cerfeuil et la découverte du studio informatique, mon expédition au Mont à la recherche des anciens élèves du lycée de Rothau, le sort tragique de trois des membres de l'ex TRIO...

– Un trio alors qu'ils étaient quatre !... C'est bizarre... et cela me fait penser à une scène étrange...

Le journaliste m'avait interrompu, songeur. Il ralluma pour la nième fois sa cigarette papier maïs, avala une bouffée puis expira lentement la fumée, avant de reprendre le fil de sa réflexion.

– La deuxième fois que j'ai vu Ismaël Shückrett, il m'avait donné rendez-vous dans l'aile sud du transept de la cathédrale.

– Devant l'horloge astronomique ?

– En fait, non. Il s'était arrêté face au Pilier des Anges. Il m'avait désigné, tout en haut, le Christ-juge qui domine ce merveilleux pilier, chef-d'œuvre d'équilibre et d'élégance. Puis, en-dessous, me montrant les enfants aux trompettes, il m'avait chuchoté... Attends, je vais te dire exactement...

Fischer feuilletait fiévreusement son carnet à spirale.

– ... Voilà, j'ai trouvé. Il avait chuchoté : « Les anges. Les anges du Jugement. Ce sont des anges purs.... Dans le Coran, il est écrit que le parfum de l'enfant vient du paradis. »

– Que cherchait-il à dire ?

– Je n'en sais rien. Et sur le coup, je n'y avais pas prêté trop d'attention. Le type était tellement étrange ! Mais, attends, c'est pas fini. En-dessous des anges qui s'apprêtent à entonner les trompettes du Jugement Dernier, il avait pointé les statues des évangélistes qui font le tour du pilier et il avait dit : « Ils sont quatre. Où que vous vous placiez, vous n'en verrez toujours que trois. »

– Etait-ce une allusion au fameux TRIO ?

– A l'époque, j'ignorais ce détail. Mais maintenant que tu m'en parles...

Pendant un long moment, nous étions restés silencieux. Greg Fischer tirait sur son mégot. Je buvais ma bière à petites gorgées. Enfin je demandai : « Et pourquoi Ismaël Schückkrett t'avait-il fixé ce rendez-vous à la cathédrale ? »

– C'est simple. Pour pondre un article sur le Chriskindelsmärik et le jumelage Strasbourg-Bethléem, capitales de Noël, j'ai rencontré quelques-uns des artisans et commerçants venus d'Israël. Au cours de l'interview, j'ai été frappé par la personnalité, plus qu'étrange, de l'un d'entre eux, un bijoutier. J'ai souhaité le revoir. C'était Shückrett.

– En quoi sa personnalité était-elle étrange ?

– D'abord par son passé. Pendant une bonne partie de son enfance, il a vécu en Alsace. Il connaissait bien notre région. Bien que musulman, il avouait une admiration sans bornes pour la cathédrale dont il semblait connaître toutes les splendeurs et toutes les légendes. Cela m'a intrigué et j'ai proposé de le revoir.

– Effectivement, voilà qui n'est pas commun.

– Oui, mais ce n'est pas tout. Il avait un physique remarquable : Un géant barbu. Des yeux sombres, fulgurants, de part et d'autre d'un nez fort et très busqué. Des cheveux noirs, longs et raides comme les poils de sa barbe et une imposante moustache en guidon de bicyclette.

– Mais c'est le portrait du « Rohraff », que tu me fais là !, m'exclamai-je, tout fier de pouvoir étaler ma science et de montrer que, moi aussi, je connaissais notre « Münster ».

– Tu ne crois pas si bien dire, me répondit Greg en hochant la tête. Figure-toi, qu'après le Pilier des Anges, Shückrett m'emmena dans la nef et s'arrêta précisément sous les grandes orgues.

Là, à droite du balcon, se dresse un automate qui, avec sa barbe en crin de cheval, est le sosie parfait du Shückrett que le journaliste venait de me décrire. Ce mannequin appelé « Rohraff » ou « singe hurleur » date du Moyen-Age. En ce temps-là, lors de certaines fêtes religieuses, quand les fidèles emplissaient la nef, il hurlait des chansons impudiques et railleuses et, sans respect pour les prélats et les notables assemblés, dénonçait leurs travers et leurs turpitudes à la foule.

Que nous hurlerait le « Rohraff » aujourd'hui ? Quelles infamies le bijoutier de Bethléem cherchait-il à proclamer à la connaissance des Strasbourgeois ? Car il ne faisait de doute, ni pour Greg Fischer, ni pour moi, que Ismaël Schückrett, par ses crimes et plus encore par leur mise en scène tapageuse, cherchait à faire éclater au grand jour un énorme et terrifiant scandale.

– Ce type était obsédé par un sentiment d'injustice. Il mélangeait tout. Les versets du Coran et l'humiliation raciste. La cause palestinienne et l'impudicité de notre civilisation occidentale. Attends, je cite, j'ai noté des phrases qu'il m'avait dites : « Là où la justice est défaillante, il faut armer le bras de la justice. »,... « Ce qui tue votre jeunesse musulmane, c'est l'injustice. Celle des contrôles de police au quotidien, des boîtes de nuit qui les refoulent. Celle aussi qui fait tomber nos frères en Palestine. »,... « Il est écrit dans le Coran : bientôt la vérité va paraître et le mensonge se dissiper comme une vapeur légère. »,... « L'injustice qui s'étale en plein jour abreuve d'une boisson empoisonnée. »... « Bientôt retentiront les trompettes du Jugement et les coupables seront confondus ! »...

Au fur et à mesure que Greg Fischer tournait les pages de son carnet et retrouvait ses notes, son visage se faisait plus grave. J'étais saisi d'un malaise croissant et ma bière avait soudain un goût amer. Ismaël Shückrett n'était pas un criminel ordinaire. Ses crimes s'inscrivent dans un contexte beaucoup plus vaste qu'une simple vengeance. La folie ne faisait aucun doute, la cruauté des actes l'attestait. Mais au-delà d'un simple délire, il fallait y voir une terrifiante frénésie, une fureur qui se nourrissait de frustrations, de haines et d'exaltation religieuse.

– « Allahou Akbar ! Je vais tous les niquer ! », s'était-il écrié en me saluant sur le parvis où les badauds se pressaient entre les stands du marché de Noël. J'avoue que ce gars m'avait intrigué. C'est d'ailleurs pour cela que j'en avais parlé à Victor. Comme c'était avant le premier crime, on ne pouvait se douter alors...

– A ton avis, Greg, quand il parlait de « tous » les niquer, il pensait à qui ?

– Le « Rohraff » dénonçait les notables de la cité. Aujourd'hui, les huiles sont du côté de la **P**réfecture,de l'**E**vêché, des **D**ouanes, du mess des **O**fficiers...Cela ne te dit rien ?

Je ne lui cachai rien des soupçons implicites qui pouvaient également peser sur Geloffener, député européen.

– Là, c'est la pêche au gros. Et en eaux troubles, ajouta-t-il en tirant sur son mégot éteint. Voilà qui pourrait expliquer l'hystérie de Bengaga. En haut lieu, on doit s'agiter. Avec tous ces crimes et toute cette mise en scène macabre à proximité de bâtiments publics, hautement symboliques, certains de nos gros bonnets doivent se faire du souci.

– Parce que tu penses que certains auraient pu tremper...

– Pas forcément. Mais tant que cette histoire n'est pas tirée au clair, un scandale n'est pas à exclure. Et tous ces messieurs craignent pour leur carrière, pour l'avancement, pour les « bändele », tu comprends ?

Je le comprenais d'autant mieux que, malgré toute la sympathie qu'il m'inspirait, j'avais dissimulé au journaliste l'épisode de la lettre de Cerfeuil. Je ne lui parlai pas davantage des cassettes et disquettes confiées à monsieur le proviseur. Pourquoi ? Sans doute ce stupide esprit de corps qui aveugle la plupart d'entre nous dès que l'un de nos proches ou de nos pairs risque d'être compromis dans une affaire douteuse. Et puis, tant que je n'aurais pas revu monsieur le proviseur, tant que je n'aurais pas eu une franche explication avec lui et avec sa petite-nièce, il n'y avait aucune raison de m'alarmer ou de soupçonner quiconque, de quoi que ce soit. Aussi serait-il grand temps de prendre congé de Greg Fischer et de regagner mon domicile. Qui sait, ils m'y attendaient peut-être ?

J'étais décidément un indécrottable optimiste. Un naïf pur beurre. Mais comme tous les cocus, paraît-il, doté d'une veine incroyable. Jugez-en plutôt. Cette enquête, comme la vie, n'est pas avare de rebondissements et le destin vous réserve parfois d'étranges surprises. La disparition de Fernande Chapirac ne fut pas la moins cruelle.

Le proviseur n'était pas chez lui et il resta injoignable pendant plusieurs jours. Meister ne se manifesta plus de toute la semaine, ce qui, à priori, aurait dû me réjouir. Quant au commissaire principal Chapirac, comme je l'ai déjà dit, elle disparut à tout jamais de mon existence.

Ce fut le hasard, le hasard seul, ou la chance, qui me plaça sur la route des Finding. Antoine, le vieux mais aussi Raoul, l'ex-membre du TRIO.

Chapitre 30

Je reconnus d'abord le chien. Il était attaché à l'extérieur de la grille du cimetière de Cronenbourg. Je passais par là pour rejoindre l'autoroute, lorsque je le vis. Impossible de confondre avec un autre bâtard, tellement il était laid. Et pitoyable. Noir et jaune, velu du poitrail, pelé sur le dos, il semblait dormir, le museau grisonnant posé sur les pattes avant croisées.

Au mépris de toutes les règles du code de la route, je braquai le volant pour faire demi-tour sur la route de Hochfelden ce qui me valut une bordée de coups de klaxons indignés. Je me garai non loin du clébard immobile. Malgré le peu de lumières, je pus distinguer de l'autre côté de la grille, derrière une haie basse de buis, la silhouette menue du vieillard recherché par toutes les polices de l'Est de la France.

En cette heure de froid et pâle crépuscule d'hiver où chacun se hâte de retrouver la chaleur du logis, Antoine Finding, seul vivant dans cette allée bordée de troncs nus et sinistres, était assis sur ce qui pouvait être une souche. La tombe qu'il regardait sans bouger, comme la plupart des tombes voisines était couverte d'une dalle de granit gris sur laquelle une bruyère en pot finissait de fleurir. Sur la pierre tombale étaient gravées ces simples mentions :

FINDING, née GRASSER Lucie 1933-1978
FINDING Annette 1961-1987
FINDING Raoul 1980-2000

Je m'étais approché à pas feutrés en évitant de faire crisser le gravier de l'allée. Au bout d'un moment, il dut sentir ma présence. Il tourna la tête dans ma direction. Il esquissa un sourire lorsqu'il me reconnut. Un sourire de dépit, pas de plaisir. Un sourire comme un voile jeté sur des larmes. De sa voix chevrotante, sans la moindre émotion visible et comme s'il n'attendait qu'une simple confirmation, il s'adressa à moi.

– Il est mort, lui aussi ?

Je fis semblant de ne pas comprendre sa question et je l'interrogeai à mon tour.

– Quel mort ? De qui parlez-vous, monsieur Finding ?

Pendant un temps qui me parut une éternité, il garda le silence, la tête inclinée sur la poitrine, fixant le crucifix de granit. Et puis, en remuant à peine les lèvres, comme on récite une litanie à l'office des morts, je l'entendis murmurer : « Ismaël, Thomas, Raoul, Oscar... Ismaël, il est mort n'est-ce pas ? Il est allé jusqu'au bout, lui !... Et moi, je suis toujours là,... trop lâche encore une fois...lâche... lâche... comme toujours... trop lâche... »

Je posai une main sur son épaule secouée de sanglots. Je vis que ses yeux étaient secs. Avait-il trop pleuré ? Ou la rage l'emportait-elle sur le chagrin ? Il ne cessait de répéter :

– Lâche... je suis lâche...

La cloche surmontant le portail se mit à tinter. Il était l'heure pour les vivants de quitter les lieux et de l'abandonner aux morts. Et aux fantômes aussi. A ceux notamment que le vieil homme réveillait tandis que j'accompagnais ses pas menus jusqu'à la sortie. En une lente procession, alors que le brouillard tombait sur le cimetière, le vieillard, par bribes, ressuscita le passé. Un passé de peines et de douleurs, de trahisons et de vengeances.

Il me parla de sa fille Annette, enceinte à dix-huit ans, père inconnu. « Je n'ai pas su m'en occuper. J'étais veuf... et quand Raoul est né, je ne m'en suis pas occupé davantage. Toujours sur les routes. Je rapportais du pognon et je pensais que c'était l'essentiel. » Et la fille décède à son tour. « Le chagrin ? La honte ? Je ne l'ai jamais comprise, cette fille... On ne se parlait pas beaucoup. » Son petit-fils Raoul n'avait encore que sept ans. « De nourrice en pensionnat, je ne l'ai pas vu grandir. Parfois, pendant les vacances, je l'emmenais dans mon camion. C'est assez pour se dire qu'on l'aime. Pas assez pour se connaître vraiment. »

A l'internat de Rothau, Raoul se lie d'amitié avec trois autres pensionnaires. Ils constituent le fameux TRIO. Ismaël, l'aîné, le plus déluré aussi, a droit en premier aux films porno que leur projette le pion puis aux fausses autorisations de sortie fournies par le surveillant. Il révèle la combine à ses copains sans se douter que Herrkommen et Michalowski profiteront du désarroi des plus jeunes pour les attirer chez eux, les droguer et les filmer, nus, pour vendre ces photos et ces cassettes vidéo à une clientèle pédophile.

Madame veuve Bernoit, la mère de Thomas, découvre les escapades nocturnes des membres du TRIO.

Elle alerte le grand-père Finding ainsi que les parents du petit Oscar. « Par peur du scandale... et parce qu'on n'a pas pris le temps d'écouter nos enfants, on n'a rien fait pour l'aider. Madame Bernoit, seule, va se plaindre au proviseur. Les autres parents se contentent de retirer leurs enfants de l'internat. Robert Herrkommen, le pion, est traduit devant un conseil de discipline.

– Et c'est tout ? Pour des crimes aussi abominables ?, m'indignai-je. Et le prof, ce Michalowski ?

– A l'époque, nous avions connaissance des fausses autorisations de sortie avec la complicité du pion. C'est tout. Longtemps, nous avons ignoré les photos, le rôle de Michalowski et... et tout le reste... Ismaël, lui-même, en ignorait l'ampleur... Il avait déjà quitté la France au moment du conseil de discipline.

– Quel reste ?, demandai-je doucement pour ne pas tarir ce flot de confidences qui, je le sentais au son de sa voix, remuait des boues fétides de souvenirs, des douleurs que le temps n'avait su atténuer et de sombres courroux.

Le gardien du cimetière avait refermé derrière nous les lourdes grilles de la porte. Le vieux s'était arrêté. Il me fixait droit dans les yeux. Il gardait la bouche ouverte, haletant comme un poisson hors de l'eau. Les mots eurent beaucoup de peine à franchir ses lèvres tremblotantes. Ce qu'il m'apprit, était la pire des abominations. L'horreur absolue.

Après les séances de photos, ce furent les attouchements, les jeux sexuels de plus en plus pervers et la sodomisation. Sous le feu des projecteurs afin de monnayer les cassettes. Enfin, les deux proxénètes pervers livrèrent leurs victimes à des pédophiles de leurs connaissances pour des parties fines qu'on leur payait très cher. Sous l'effet de la drogue, les enfants n'offrirent aucune résistance. Plus tard, ils eurent bien trop honte de ce qu'ils avaient fait pour en parler jamais. Même entre eux. La vie les sépara. Jusqu'au jour où Ismaël réapparut.

J'appris que Shückrett Ismaël, artisan à Béthléem, était revenu à Strasbourg pour la première fois au cours de l'hiver 1999. Dans le cadre du jumelage entre les deux capitales de Noël, le jeune bijoutier palestinien exposait ses créations sur le Christkindelsmärik. Il effectua des recherches pour retrouver ses anciens camarades d'internat. Oscar était mort dans un accident de moto qui ressemblait fort à un suicide. Raoul Finding avait le SIDA. En phase terminale.

– Cette saloperie rongeait ses dernières énergies. Il fut heureux de revoir Ismaël. Ce qu'il ne m'avait jamais raconté, il le confia à son ami.

Shückret retrouva également Thomas Bernoit, au Mont. Séropositif depuis de longues années, il vivait en reclus avec sa mère. Le grand-père Finding prit l'habitude de rendre visite à la veuve Bernoit et à son fils. Grâce à Internet, les trois amis établirent un contact régulier, même après le départ d'Ismaël pour Bethléem. Peu à peu, l'idée d'une vengeance germa. Ils se jurèrent de châtier ceux qui les avaient souillés et qui étaient responsables de leur déchéance physique : le pion et le prof et toutes les ordures qui avaient abusé de leur innocence.

Avant qu'ils ne puissent retrouver la piste des salopards, Raoul s'éteignit et l'état de santé de Thomas s'aggrava brutalement. Aux premiers jours du mois de décembre 2000, Ismaël retrouva le Christkindelsmärik. Le bijoutier de Bethléem se sentait coupable. C'est lui qui avait poussé ses jeunes amis dans les bras de Herrkommen. C'est donc lui qui les vengerait.

Le hasard (mais n'était-ce pas plutôt Mektoub, le destin ?) mit Herrkommen sur sa route. Il l'aperçut au milieu de la foule qui s'écoulait entre les chalets des exposants. Six années avaient passé, mais il reconnut sans hésiter l'ancien pion. Trois gamins marchaient à ses côtés. Ils croquaient des pommes d'amour et l'infâme leur souriait...Ismaël Shückrett le suivit...

– Vous connaissez la suite, dit le vieux. Sous la torture, Herrkommen ne fit aucune difficulté pour révéler l'adresse de Michalowski, l'ancien professeur reconverti dans le cybercommerce d'images pédophiles. Grâce à la web caméra, Thomas, juste avant de mourir, a pu suivre sur son écran l'agonie de ces ordures. Et maintenant, c'est au tour de tous les autres de payer !

– Quels autres ? Il y en a tant que cela, des pédophiles à Strasbourg ?

– A Strasbourg et ailleurs. Actifs ou non, mais tous branchés sur Internet. Friands de photos, de cassettes pour lesquelles ils sont prêts à payer des fortunes. Souvent des notables, députés, curetons ou hauts fonctionnaires. Racaille bourgeoise qui a abusé et abuse encore d'enfants innocents, qui les humilie dans leur chair, dans leur âme, qui leur refile la mort après la honte...

– Pourquoi cette horrible vengeance ? Pourquoi ne pas les avoir livrés à la justice ?

Finding marqua une pause. Puis, rappelant le hululement d'une chouette, le vieux partit d'un rire sinistre qui fit écho entre les stèles de pierre et les caveaux de marbre.

– Quelle justice ? Celle des nantis, des notables ? Jamais ils n'ont voulu nous croire. Jamais. Surtout sans preuves. Maintenant, ils vont payer. Ismaël l'a juré.

Je ne pouvais, intérieurement, lui donner tort. En Belgique, des pratiques pédophiles suivies de meurtres d'enfants avaient mis à jour des complicités politiques et policières au plus haut niveau. Le procès traînait en longueur. On s'attendait à de nouvelles révélations terribles et rien ne se passait jamais. En France, le mystère des disparues de l'Yonne n'est guère élucidé. Malgré tout, je crus bon de protester.

– Ismaël est mort. Il s'est suicidé.

– Sacrifié, protesta-t-il, Ismaël s'est sacrifié pour que la vérité éclate ! Moi, j'ai été trop lâche, comme toujours... Mais le sacrifice d'Ismaël ne passera pas inaperçu !...Cela va faire un scandale retentissant ! Ils vont tous payer ! Tous ! Tous ceux qui figurent sur les disquettes !

– Quelles disquettes ?, lui demandai-je.

– Celles que Ismaël porte sur lui. Récupérées chez Michalowski. On sera bien obligé de nous croire, cette fois. Il a tout rédigé, tout. Avec les disquettes. Son sacrifice ne sera pas vain. Ils vont tous payer ! Tous !...

Nous étions arrivés près de l'endroit où il avait attaché son chien. La bête remua faiblement son moignon de queue. Son maître, tout en lui caressant le crâne, s'adressa à moi.

– On est comme les animaux, dit-il, il y a un moment où on sent qu'il est l'heure de partir.

Chapitre 31

Je n'avais pas cherché à retenir le vieux. Pourquoi l'aurais-je fait ? Je n'étais pas flic. Ni juge. Après tout, son rôle dans cette affaire était secondaire. Il avait aidé à la capture de Herrkommen, puis au transport de son cadavre jusqu'au Christkindelsmärik. Certes, en hébergeant le tortionnaire et en gardant le silence, il avait été le complice des sévices infligés aux deux victimes par le jeune Ismaël Shückrett. Ce dernier s'était donné la mort. Il échappait à la justice des hommes.

« Je suis trop lâche » avait dit le vieux.

J'avais une certaine compassion pour ce grand-père qui avait vu son petit fils puis l'ami de ce dernier souffrir, décliner et s'éteindre à l'aube de leurs jeunes existences. Par-dessus tout, je condamnais sans réserves les pratiques odieuses des deux pédophiles. Après tout, leurs souffrances n'étaient peut-être que le juste châtiment des abominations dont ils s'étaient rendu coupables ? « Ces salopards ont payé ! » avait dit le vieux. Comme lui, j'étais enclin à penser qu'ils n'avaient eu que ce qu'ils méritaient.

Je dus me secouer pour ne pas me laisser aller à ce genre de pensées. Où irions-nous si chacun se faisait justice lui-même ? Qu'on l'appelle « loi du talion » en Israël, « vendetta » en Corse ou « représailles » dans toutes les armées du monde, la vengeance n'est qu'une justice sauvage et barbare. C'est du moins ce que j'essayais, à longueur d'années scolaires, d'expliquer aux potaches qui, pour laver une offense ou ce qu'ils considéraient comme telle, se bigornaient à tour de bras : « C'est lui qui a commencé, M'sieur !.. » A partir de là, tous les coups sont permis !

Je n'avais donc pas cherché à retenir le vieux Finding. Sa silhouette voûtée et celle du chien s'étaient évanouies, à petits pas dans la brume hivernale. Les flics finiront bien par le trouver, me disais-je. En attendant, c'était à moi de trouver les flics. Ou plutôt la fliquette. J'avais vraiment hâte de revoir mademoiselle Chapirac. Pour ce qu'elle aurait à me raconter sur les derniers rebondissements de l'enquête et pour tous autres rebondissements, si affinités.

Elle n'était pas dans mon appartement. Elle n'était pas davantage chez son tonton. « Vous croyez vraiment que c'est une heure pour déranger Monsieur le Proviseur ? » L'accueil du cerbère en bigoudis fut glacial. Mon lit itou.

Au réveil, je me précipitai pour consulter la presse.

Dernières Nouvelles d'Alsace du dimanche 17.12.2000

Strasbourg et Bethléem, capitales du crime ?

Hier en fin d'après midi, une patrouille de police a été accueillie par des coups de feu alors qu'elle s'apprêtait à investir une villa, rue Jacob à Strasbourg Cronenbourg. La police agissait dans le cadre de l'en-

quête sur les mystérieux et horribles assassinats qui ensanglantent la capitale alsacienne. (voir nos éditions des 10,12 et 15 décembre)

Peu après quinze heures, l'assaut a été donné par la brigade anti-terrorisme sous les ordres du capitaine Tonneau. Peu de temps après, nous avons appris que le forcené, retranché dans une cave, s'était donné la mort. Il s'agit d'un ressortissant palestinien du nom de Shückrett Ismaël. Cet artisan bijoutier de 23 ans était venu dans notre ville dans le cadre du jumelage « Strasbourg et Bethléem, capitales de Noël. » Depuis une quinzaine, il exposait ses créations au Marché de Noël de la place Gutenberg. Nous n'avons pu obtenir aucune autre information officielle, le Commissaire Principal Victor Meister se bornant à ce seul commentaire : « L'affaire est entre les mains d'Interpol. »

Ainsi donc la version longtemps défendue par les enquêteurs et selon laquelle il s'agirait de crimes passionnels liés au milieu gay de Strasbourg, doit-elle être écartée. Par contre, dans l'état actuel de l'enquête, il ne nous est guère possible d'émettre des hypothèses sur les ramifications internationales de cette ténébreuse affaire.

D'après certaines personnes qui demandent à garder l'anonymat, la malheureuse victime, bien que domiciliée à Bethléem, aurait passé une partie de son adolescence dans notre région. Toujours d'après nos mêmes sources, il aurait pu, à cette époque, connaître Robert Herrkommen et Serge Michalowski dont les cadavres ont été retrouvés ces jours derniers, affreusement torturés et mutilés.

La thèse d' une cruelle vengeance, ruminée pendant de longues années, n'est donc pas à écarter. Elle apporterait un début d'explication aux sévices et autres mutila-

tions barbares infligés aux victimes. Quel est le ressentiment assez tenace, quelle est la haine assez féroce pour dicter de tels crimes ? Et pourquoi cette mise scène macabre dans une ville toute entière consacrée aux festivités de Noël ? Pourquoi, en particulier, cette dissémination d'organes devant des édifices publics administratifs, militaires ou religieux ?

Des rumeurs de plus en plus insistantes orienteraient les soupçons (nous parlons au conditionnel) vers un vaste réseau mondial de pédophilie. En l'absence du Procureur de la République, l'un des substituts nous a confié par téléphone : « Ce n'est qu'une hypothèse parmi d'autres. Mais le fait que cette enquête se situe à Strasbourg, capitale de l'Europe, lui donne un coefficient de difficulté supplémentaire. »

Que cache cette déclaration pour le moins sibylline ? Nous espérons que très bientôt nous serons en mesure d'apporter des éléments nouveaux permettant d'accélérer le dénouement de cette sombre affaire. »

L'article était signé G.F. Je traduisis Greg Fischer. En l'absence de preuves, je le trouvais prudent. Mais je ne suis pas le seul à savoir lire entre les lignes.

De la journée, je n'aperçus le Proviseur. Les volets de son appartement restèrent clos. Le lundi matin, sa secrétaire nous informa qu'il était souffrant et qu'il ne pouvait regagner son domicile. Il restait en contact téléphonique avec l'établissement. La secrétaire avait reçu l'ordre de ne communiquer son numéro à personne.

Que pouvais-je faire ? A qui parler des documents envoyés par Cerfeuil et confiés au proviseur ? Qu'en avait-il fait ? Et s'il niait les avoir reçus ? Ma déposition, je le savais bien, ne pèserait d'aucun poids face aux dénégations de l'ami du Procureur. Je n'avais aucune preuve. Pourquoi Meister et Chapirac demeuraient-ils injoignables ? Pourquoi le proviseur, homme intègre cherchait-il à me fuir ?

Le surlendemain, il m'appela lui-même à mon domicile. La mauvaise grippe invoquée ne pouvait, à elle seule, expliquer le son de sa voix proche de l'agonie, ni la confusion empruntée de ses propos.

– Je suis éreinté, si vous saviez... des maux de tête affreux... affreux...

– Oui, mais la cassette, monsieur le proviseur, et les disquettes ?

– La cassette ? Les disquettes ? Oui, bien sûr, bien sûr... mais est-ce bien le moment ?.. De telles céphalées !... Si vous saviez... je souffre tant... Mon ami, monsieur le Procureur, estime... pense... enfin... et vous savez, au Rectorat... car j'ai parlé de vous au rectorat, de l'excellent travail que vous effectuez au lycée... Je ne serais pas étonné si pour la prochaine promotion des Palmes Académiques...

– Des palmes pour mieux nager en eaux troubles !, m'emportai-je.

– Calmez-vous, calmez-vous, monsieur le conseiller principal d'éducation. Calmez-vous... ma migraine, si vous saviez... Et puis, cette affaire n'a déjà fait que trop de victimes... Nous pensons tous qu'il serait inutile... dangereux même, d'aller au-delà... Et pour quoi ? Hein ?... Pourquoi ?... Les coupables ont été châtiés !... Leur honteux trafic a cessé... Définitivement cessé, alors... Réfléchissez... Réfléchissez...

Il avait raccroché.

Depuis, je n'avais plus eu de nouvelles. Ni de lui, ni de sa nièce, ni du « Cow-Boy ». Une chape de silence s'était abattue sur l'affaire. Nul ne semblait s'en plaindre. Avec la mort du Palestinien l'enquête n'était-elle pas bouclée ? Les Strasbourgeois étaient soulagés. Place aux Fêtes et aux vacances imminentes. Quel cadeau pourrait-on offrir à la belle-mère ? Quelle était la mode actuelle des tenues de ski ? Et les cheminots n'allaient-ils pas se mettre en grève ?

Dans les jours qui suivirent, la presse, elle-même, qu'elle soit régionale ou nationale, sembla se désintéresser progressivement de l'enquête. Faute sans doute de nouveaux éléments fournis par la police. A aucun moment elle ne fit allusion à de quelconques documents qui auraient pu se trouver sur le corps du suicidé.

– Une lettre ? Des disquettes ? Et d'abord, d'où tiens-tu cette information ?

Quatre jours avaient passé depuis le suicide de Shückrett. C'était la première fois que je reprenais contact avec l'un des protagonistes de cette histoire. Greg Fischer que j'avais réussi à joindre au siège des Dernières Nouvelles d'Alsace, sembla tomber des nues.

– Je t'assure, Claude, que personne n'a jamais officiellement évoqué ces documents. Ni au commissariat central, ni lors des conférences de presse à la préfecture. Et Victor ne m'en a jamais parlé, lui non plus. A mon avis, il devait ignorer leur existence. Je t'informe, si tu ne le savais déjà, que notre ami Victor a été dessaisi totalement de cette affaire. A mon avis, il y a du Bengaga là-dessous.

– C'est la commissaire principale Chapirac qui dirige l'enquête ?, demandai-je.

– Comment dis-tu ? Chapirac ? Ah, oui, la plantureuse rouquine venue de Paris ? Non, ce n'est pas elle. Je ne l'ai d'ailleurs pas revue. Celui qui a en charge cette affaire, et la chose est pour le moins surprenante, est le Capitaine Rochot, des Renseignements Généraux.

– Que viennent faire les R.G. dans une enquête de droit commun ?

– Bizarre, hein ? Dans cette histoire, tout est bizarre. Mais pour en revenir à ces fameuses disquettes, si tant est qu'elles existent, es-tu sûr de tes informations ?

Je ne souhaitais pas, dans l'immédiat, lui révéler mes sources. Le vieil Antoine n'avait que trop souffert. Je ne pouvais pas davantage lui confier que j'avais eu personnellement entre les mains des disquettes analogues. C'était compromettre mon proviseur. Mais comme ce dernier m'avait laissé entendre qu'il les avait remises à son ami le Procureur, je ne comprenais pas pourquoi personne ne les mentionnait. Comme si elles avaient disparu en même temps que les lettres d'accompagnement. Celle de Cerfeuil puis celle de Shückrett. Du coup, j'insistai.

– Je suis absolument sûr de mes informations. Tu peux me croire.

– Je te fais confiance. Bien plus qu'à Bengaga. Il faut voir comme il s'agite, le petit substitut ! Surtout depuis que le procureur est en congé de maladie. Mais il n'est pas au bout de ses peines et il n'est pas près de museler la presse, foi de journaliste. Demain, il y a un nouveau point presse et je ne manquerai pas de l'interroger sur ces disquettes.

– Mais tu ne...

– Un journaliste ne révèle jamais ses sources. Et je promets de te rappeler dès qu'il y aura du nouveau. O.K. ?

Je ne pouvais que être d'accord. Et patient.

Comme promis, il me rappela le lendemain, vers treize heures. La secrétaire standardiste me passa la communication à la demi-pension où je surveillais le repas des élèves. L'intendant m'avait signalé plusieurs tentatives de fraude. Le téléphone se trouvait dans un petit couloir entre la salle à manger et la plonge. D'un côté le brouhaha des conversations, les éclats de rire et le bruit des fourchettes, de l'autre le vacarme des verres entrechoqués et le tintamarre de la machine à laver la vaisselle. Les conditions n'étaient pas réunies pour une bonne audition. Ce n'était pas l'unique raison pour laquelle je demandai à Fischer de répéter plusieurs fois. Son appel me sidéra. Juste avant de m'écœurer et de réveiller au fond de mes tripes cet ulcère que je croyais guéri.

Pour être bref, Fischer m'informa qu'il n'avait aucune information. A la question de savoir si des documents avaient été trouvés sur le cadavre du suicidé, Bengaga avait opposé une fin de non recevoir. Le Capitaine Rochot des R.G. avait invoqué le secret dans le cadre du plan Vigipirate. Le préfet en avait appelé au civisme des journalistes dans une affaire qui mettait en péril la sûreté intérieure.

Je sentais la consternation et une certaine forme de colère dans la voix de Greg Fischer. Mon ulcère jouait au lance-flammes.

Epilogue

Dix jours s'étaient écoulés depuis ce tragique dénouement. Malgré le surcroît de travail que procure toujours une fin de trimestre scolaire, je ne parvenais pas à chasser de mon esprit les visions d'horreur et les terribles interrogations que cette affaire avait suscitées. J'avais le sentiment de tourner en rond, entre rage et abattement, entre doutes et révoltes. Je refusais d'admettre que cette enquête était close. Je repoussai l'idée d'une monstrueuse collusion. Chaque matin, dans les journaux, je guettais de nouvelles révélations qui feraient jaillir la lumière. Silence. Chaque jour, j'attendais du proviseur un sursaut. Mutisme. Chaque nuit, j'espérais le retour de mademoiselle Chapirac. En vain.

S'il n'y avait pas eu Fischer et Meister, j'aurais pu penser que j'avais imaginé toute cette affaire. Que ce n'était qu'un épouvantable cauchemar. Ils furent les deux seuls à se manifester par téléphone. La police (du moins Meister) était aussi impuissante à fournir des preuves que la presse (je parle de Fischer) à faire éclater la vérité.

– Et si on en causait tous les trois ? Histoire de « travailler ensemble » si tu vois ce que je veux dire ?

J’avoue que la proposition de Meister me surprit. A mon grand étonnement, l’ invitation du « Cow-Boy » me procura même un certain plaisir. Je ne supportais plus de ressasser en solitaire tous les doutes affreux qui obnubilaient ma raison. Peut-être la lumière jaillirait-elle de cette confrontation ? Je n’y croyais pas trop. Mais comme le disait Fischer : « Passer le soir de Noël tout seul, c’est mortel ! »

– Ecoute, ajouta Meister qui avait décidé une fois pour toutes qu’il me tutoierait, écoute, je suis de permanence, ce soir, au commissariat central. La corvée du réveillon de Noël, c’est pour ma pomme. Je m’en fous. Je n’ai pas de gosse et ma moukère s’est taillée. Les voitures qui crament, c’est après minuit. Avant, c’est plutôt calme et on pourra causer.

– Fischer sera libre ?

– Affirmatif. Il est veuf. Un veuf inconsolable. Tu ajoutes un divorcé échaudé (toi) et un cocu qui n’a que ce qu’il mérite (moi), on forme un beau TRIO de paumés ! A ce soir !

Le « Cow-Boy » avait éclaté d’un rire tonitruant dont mes oreilles résonnaient encore après avoir raccroché le combiné.

Trois heures plus tard, avec une identique intensité sonore, il éclata de fureur lorsque je lui rapportai les propos du vieux Finding.

– Des disquettes ? Quelles disquettes ? Tu te paies ma tête ou quoi ?

Il parut tellement ahuri que sa sincérité ne fit aucun doute pour moi. Il souleva son galure poisseux pour se gratter la tête avant d’exploser.

– La salope ! L'infâme salope ! Elle a bien manœuvré !

– De qui parles-tu, Victor ?, lui demanda Fischer.

– De la Chapi, bien sûr. C'est la Fernande qui a trouvé le bicot mort dans la cave... c'est elle qui dirigeait l'enquête à ce moment-là... Elle n'a jamais parlé d'une lettre ou de disquettes... En tous cas pas à moi !... Elle a eu largement le temps de les faire disparaître !... Ah, la salope, je pige tout, cette fois... Ben, les amis, je ne suis pas très fier d'être keuf !

– Et pourquoi mademoiselle Chapirac aurait-elle fait cela ?

– Pourquoi ? Pourquoi ? Je vais vous le montrer, pourquoi !

Le commissaire principal Meister écumait. Fouillant dans la poche de son blouson maculé, il en retira une dépêche toute froissée qu'il brandit devant nos yeux. Provenant du Ministère de l'Intérieur, elle annonçait :

Mademoiselle CHAPIRAC Fernande, anciennement Commissaire Principal à l'OIPC - Interpol, est nommée à compter du 20 décembre 2000 à la Direction de l'OCRIEST stationnée à Papeete, Polynésie Française, avec le grade de Commandant.

– La salope !, répéta Meister. Elle nous a baisés et bien baisés !

– Vous en avez rêvé, elle l'a fait !, se moqua Greg.

La plaisanterie eut le mérite de calmer la rage du Cow-Boy. Il éclata de rire en nous gratifiant d'une vigoureuse bourrade dans le dos. Le brigadier en faction à dix mètres de là se retourna. Le vieux chien noir et jaune, couché à nos pieds, ouvrit un œil et remua son moignon de queue.

C'est en remuant pareillement la queue que la bête m'avait salué alors que je franchissais le porche monumental du Commissariat Central de la rue de la Nuée Bleue. Meister m'attendait dans la cour. Il tenait le chien en laisse. Velu sur le poitrail, pelé sur le dos, ce ne pouvait être que le chien du vieux Finding.

– Tiens, tiens, avait fait le commissaire goguenard, on dirait que le vieux clebs vous connaît ?

L'arrivée de Greg Fischer, à ce moment-là, m'avait dispensé de répondre. La bête, sans bouger, avait émis un grognement et retroussé ses babines grises sur des crocs jaunis.

– C'est quoi, ce monstre ?, avait demandé Fischer après nous avoir salués.

– Le bâtard d'Antoine Finding.

Tout en nous dirigeant vers son bureau, Meister nous apprit qu'une patrouille avait ramassé, avant hier, Finding et son chien, affamés, transis de froid, à proximité du cimetière de Cronenbourg.

– Le vieux a complètement perdu la boule. Il délire et tient des propos totalement incohérents. Il est à l'hosto, en service psychiatrique. Pas moyen d'en tirer quoi que ce soit. D'après les toubibs, il ne fera pas de vieux os... Le clebs m'a fait pitié,... Sans moi, c'était la S.P.A.... Alors je l'ai adopté.

Victor avait pris un ton bourru pour nous raconter ça. Il détournait les yeux comme pour couper court à toute remarque aimable de notre part. Puis il avait sorti une bouteille de Gewurztraminer et trois verres de son bureau.

– Faut rincer, avait-il déclaré. J'ai comme un goût d'écœurement au fond de la gorge.

Nous avions vidé la bouteille de Grand Cru Vendanges Tardives comme on aurait éclusé une vulgaire piquette. C'est vrai que le cœur n'y était pas vraiment. Il flottait dans ce bureau du commissariat central comme une odeur nauséeuse que le plus divin des nectars fut impuissant à dissiper. On a continué avec un fond de Whisky. Le goût pharmaceutique de ce breuvage que je déteste d'habitude convenait mieux aux circonstances.

Nous nous sentions totalement impuissants. Certes, Michalovski et Herrkommen, les odieux criminels avaient été châtiés. Mais comment confondre leurs complices et clients ? Tous les membres de l'ex TRIO, qu'ils soient victimes ou coupables, étaient morts. Morts aussi des témoins possibles comme madame Bernoit ou Honoré Cerfeuil. Je ne leur parlai pas de la lettre et des cassettes confiées au proviseur. A quoi bon ? L'ami procureur devait avoir ses raison pour en taire l'existence. Il y avait peu de chances que le vieux Finding puisse jamais témoigner. Et le pourrait-il que son témoignage ne serait pas forcément pris en compte. Le deuxième jeu de disquettes avait disparu avec la complicité de Chapirac. Avait-elle agi sur ordre ? Y avait-il trop de personnalités importantes mouillées dans ce commerce de matériel pédophile ?

– Personne en haut lieu ne parle plus de l'hypothèse de crimes liés à des agissements pédophiles. Bengaga affirme haut et fort qu'il ne s'agit là que de rumeurs malveillantes et non fondées, passibles de poursuites judiciaires.

– Et comment explique-t-il cette guirlande de crimes abominables ?

– Par la personnalité de Shückrett Ismaël. On laisse entendre que ce jeune Palestinien, avant de sombrer dans une folie meurtrière, aurait été un « Fou d'Allah ». Qu'il serait venu à Strasbourg pour y perpétrer un attentat terroriste... On prétend avoir trouvé dans ses bagages des ouvrages consacrés à la cathédrale....En cette veille de fête, on ne veut pas inquiéter la population...

– Les terroristes ont bon dos. Mais il faut reconnaître que, faute de preuves, dans un cas comme dans l'autre, le scénario tient la route.

– C'est dégueulasse, conclut Meister.

On était tous d'accord. Mais que faire ?

– Et si on écrivait un polar pour raconter toute l'histoire ?

– Et se retrouver devant un tribunal ?

– On prendrait un pseudonyme pour signer. Et, au début de l'ouvrage, en guise d'avertissement, on préviendrait que « tous les événements relatés ne sont que de pure fiction et que toutes les personnes qui croiraient se reconnaître dans les personnages du roman ne pourraient s'en prendre qu'à elles-mêmes et à leur débordante imagination. » Qu'en dites-vous ?, demanda Greg.

– O.K., je marche, avait répondu Victor, mais à une condition, je ne veux pas qu'on change le nom du chien.

– Et il s'appelle comment, le chien ?

– ...

Personne n'en savait rien.

Le vieux batard au museau gris avait senti qu'on parlait de lui. Il se leva et se secoua. Puis, en gémissant doucement, il se mit à gratter la porte du bureau.

– Vous croyez qu'il a compris ce qu'on racontait ? Il ne doit pas être très fier d'être un chien policier, avait dit Victor.

– Je crois surtout qu'il veut pisser.

Tous les trois, on s'était levés de nos chaises. On avait un peu la tête qui tournait. Derrière l'animal, on avait descendu le grand escalier qui mène au rez-de-chaussée du commissariat central. En trottinant, l'échine raide, le vieux chien pelé se dirigea vers le centre de la grande cour intérieure. Il flaira le pavé. Il tourna deux ou trois fois sur lui-même avant de s'accroupir. Il fit alors ce que chacun est obligé de faire. Mais lui n'avait pas honte. La honte c'est pour les hommes. Eux seuls l'éprouvent. Au mauvais moment, souvent.

De la ville toute proche nous parvenait l'écho des haut-parleurs :

Bambins et gamines
Venez, venez tous
Merveilles divines
Se passent chez nous...

FIN

Achevé d'imprimer sur les presses
de l'Imprimerie Moderne de Bayeux

Dépôt légal n° 9496 - Septembre 2002

ISBN 2-913990-93-2

www.bastberg.com